Katja Riefler

Zeitung Online
Neue Wege zu Lesern und Anzeigenkunden

Katja Riefler

Zeitung Online

Neue Wege zu Lesern und Anzeigenkunden

ZV

Die deutsche Bibliothek – **CIP**-Einheitsaufnahme

Zeitung Online: Neue Wege zu Lesern und Anzeigenkunden / Katja Riefler. – Bonn:
ZV Zeitungs-Verlag Service, 1995
ISBN 3-929122-18-9
NE: Katja Riefler

ZV Zeitungs-Verlag Service GmbH
Riemenschneiderstraße 10
53175 Bonn
Telefon: (0228) 81004-24/-25
Telefax: (0228) 81004-34
Telex: 885461

Layout und Satz: GESTALTmanufaktur Armin Hingst, Kuckelke 20, 44135 Dortmund

Druck: HVZ GmbH, Hauptstraße 38f, 53604 Bad Honnef

Zeitungen dürfen die elektronische Herausforderung nicht ignorieren, wenn sie auf der Höhe der Zeit bleiben wollen. In Amerika sind Zusatzdienste online schon lange an der Tagesordnung.

Vorwort

Chancen und Gefahren für die Zeitung

Der erwartete Boom

Die Informationsindustrie ist ein Markt, dem Experten bis zum Jahr 2000 jährliche Zuwachsraten von mehr als 20 Prozent vorhersagen. Weltweit sollen zur Jahrtausendwende 100 Milliarden ECU (rund 190 Milliarden DM) jährlich umgesetzt werden – 1988 hatte der globale Umsatz noch sieben Milliarden betragen, ganze zwei Milliarden waren auf Europa entfallen.[1] Der Boom gründet sich auf Hoffnung und auf Vertrauen in die Technik. Noch weiß niemand zu sagen, was die Verbraucher wirklich wollen, welche elektronischen Dienstleistungen sich langfristig am Markt durchsetzen werden.

Mehr PC als Fernseher

Klar ist jedoch, daß Dinge in Bewegung geraten sind: Der Wert der jährlich verkauften Personalcomputer übersteigt in den USA mittlerweile den der Fernsehgeräte. Online-Dienste, also über Computer und Telefon zugängliche Informations- und Unterhaltungsangebote, gewinnen weltweit täglich tausende neuer Abonnenten. Das weltumspannende Computernetz INTERNET, das im Sommer 1995 geschätzte 30 bis 40 Millionen Nutzer hatte, wächst mit exzeptioneller Geschwindigkeit. Die Zahl der in Deutschland an die-

Millionen Nutzer im INTERNET

ses Netz angeschlossenen Rechner lag Ende Dezember 1993 bei 110.000, Ende Dezember 1994 bei 200.000, Ende Juni 1995 bei 350.000.[2]

Die Herausforderung

Zeitungsverlage kann diese Entwicklung nicht unberührt lassen. Sie sind traditionell die wichtigsten Informationsanbieter in ihren Verbreitungsgebieten. Sie müssen ihre Rolle und ihre Ziele überdenken: Soll Print auf Dauer das einzige Standbein bleiben? Kann die Zeitung auch auf anderen Wegen Informationen vermitteln? Mit welchen elektronischen Produkten könnten Wettbewerber der Zeitung Konkurrenz machen? Branchenkenner in den USA bemühen gerne folgendes Bild: Die Zeitungsindustrie befinde sich heute in einer ähnlichen Situation wie die Eisenbahngesellschaften Ende der 20er Jahre dieses Jahrhunderts. Die Railroad-Companies hätten es versäumt, angesichts der aufkommenden Konkurrenz durch Automobilverkehr und Luftfahrt rechtzeitig die richtigen Schlüsse zu ziehen. Gleiches dürfe den Zeitungen nicht passieren. Dieser Vergleich klingt in europäischen Ohren sehr pathetisch. Es gibt keine Anzeichen dafür, daß Computermedien in naher Zukunft die gedruckte Zeitung ersetzen werden. Print wird auf lange Sicht das Herzstück des Zeitungsgeschäfts bleiben. Allerdings können bestimmte Informationsinteressen von Computermedien besser befriedigt werden als von der gedruckten Zeitung.

Elektronische Zusatzprodukte

Bei den folgenden Überlegungen geht es um elektronische Zusatzprodukte zur gedruckten Zeitung, die Zeitungsverlagen dabei helfen können, für Leser und Anzeigenkunden langfristig die wichtigste Informationsquelle oder der wichtigste Werbepartner zu bleiben. Ganz nüchtern gilt es zu fragen:

- Welche Inhalte haben Zeitungen bereits oder welche können sie besser als andere beschaffen?

- In welcher Form kann oder will die Zeitung diese Inhalte präsentieren?
- Welche Märkte gibt es für welche Zielgruppen?
- Mit welchem Aufwand können neue Dienste realisiert, wie können sie finanziert werden?

Voraussetzung für die Einführung elektronischer Zusatzangebote zur gedruckten Zeitung ist die Digitaltechnik, die längst in den Verlagen Einzug gehalten hat. Computer sind aus Anzeigenaufnahme, Verwaltung, Vertrieb und Texterfassung nicht mehr wegzudenken. In vielen Zeitungshäusern werden Daten elektronisch von den Außenredaktionen an die Zentrale übertragen. Reporter schicken aktuelle Geschichten mittels tragbarer Computer und Telefonleitung. Agenturinformationen fließen ohnehin papierlos ins System, Berichte von Auslandskorrespondenten erreichen Verlage gleichfalls immer häufiger auf diesem Weg.[3] Ganzseitenumbruch und die Verarbeitung digitalisierter Bilder sind ein weiterer Schritt auf dem Weg zur Herstellung der Zeitung „computer to plate", der direkten Übermittlung der Daten vom Redaktionssystem zur Druckmaschine.

Das Potential digitalisierter Daten

Die Fülle der in Zeitungsverlagen vorliegenden Daten ist ein Potential, das Zeitungen für die Bereitstellung neuer Dienstleistungen nutzen können: Recherche im Redaktionsarchiv, abfragbare Kleinanzeigen, Fax-on-Demand (Abruffax). Außerdem werden mit Hilfe von Computern Medien wie Online-Dienste erst möglich, die gänzlich neue Formen der Kommunikation und Interaktion mit den Nutzern erlauben. So betrachtet ist die Digitalisierung nicht einfach nur eine neue Technik, die man ignorieren oder mitvollziehen kann. Sie begründet eine neue Qualität.

Die neuen Formen der Kommunikation

Im Vergleich zu möglichen Konkurrenten sind Zeitungen für die Herausforderungen des digitalen Zeit-

Leser vertrauen „ihrer" Zeitung

alters gut gerüstet. Sie verfügen über eine Leserschaft, die den Informationen „ihrer" Zeitung vertraut. Sie haben Expertenwissen in der Informationsverbreitung und können auf ein funktionierendes Vertriebssystem zurückgreifen. Das Verhältnis zu den Anzeigenkunden ist gewachsen und wurde über Jahre gepflegt. Und, wie bereits erwähnt: Zeitungen verfügen über Inhalte, die mit mehr oder weniger Aufwand in neue elektronische Angebote einfließen können.

Die folgenden Kapitel verstehen sich als Überblick über Informationsangebote und Service-Ideen, die Zeitungshäuser mit Hilfe der neuen Techniken verwirklichen können. Dabei wird ein Brückenschlag versucht: Zum einen geht es um die Inhalte der neuen Dienste, zum anderen um die wirtschaftliche Seite, also um konkrete Informationen, wie diese Projekte finanziert werden können. Im Vordergrund steht die Praxis: Welche Modelle gibt es? Wie funktionieren sie?

Die deutschen Projekte

Vorgestellt werden hauptsächlich Initiativen aus den USA. Das liegt zum einen daran, daß Verlage dort elektronische Zusatzangebote zur gedruckten Zeitung schon länger erproben und ein breites Spektrum von Diensten entwickelt haben. Das soll nicht heißen, daß deutsche Zeitungshäuser noch nicht aktiv geworden sind. Es gibt eine Reihe von Zeitungen, die im INTERNET vertreten sind, andere bieten erste elektronische Dienste über eine Mailbox an. Einen anderen Ansatz verfolgt das Projekt INESNET der INES MEDIA CONCEPTS GMBH aus Darmstadt. Diese Tochterfirma der IFRA, der internationalen Forschungsorganisation für Zeitungstechnik, arbeitet weltweit mit über 60 Zeitungsverlagen zusammen, um Konzepte für elektronische Supplements zur Zeitung zu entwickeln. Bei Redaktionsschluß des Buches befand sich dieses Projekt im Anfangsstadium.[4] Wo immer möglich, werden Initia-

tiven deutscher Zeitungen in die Darstellung einbezogen.
Der Schwerpunkt USA wurde nicht zuletzt auch deshalb gewählt, weil die BUNDESZENTRALE FÜR POLITISCHE BILDUNG der Autorin im Sommer 1994 in Vorbereitung einer Expertentagung zur Zukunft der Zeitung[5] eine Forschungsreise in die USA ermöglichte. Dabei konnte sie zahlreiche Projekte aus eigener Anschauung kennenlernen, Gespräche mit Journalisten, Repräsentanten von Verlegerorganisationen und mit Wissenschaftlern führen. Diese Informationen bilden den Grundstock für dieses Buch. Für die Veröffentlichung wurden sie aktualisiert, erweitert, auf die Situation in Deutschland bezogen und neu strukturiert.

Der Grundstock der Informationen

1 „Proposal for Council Decision setting up a programme for an information service market", Europäische Kommission Mai 1995, COM (90) 570 final.

2 Quelle: Ripe-Hostcount: ftp://ftp.ripe.net/ripe/hostcount/

3 In Deutschland arbeiten speziell auf diesem Gebiet über 100 Zeitungen mit der Berliner Mailbox COMBOX zusammen, die sich auf die Übermittlung von Korrespondentenberichten direkt in die Redaktionssysteme spezialisiert hat. Seit 1995 übermittelt COMBOX auch elektronische Post aus dem INTERNET direkt an die Redaktionen.

4 Vier deutsche Zeitungen waren 1995 an der Entwicklung des Prototyps einer Bildschirmzeitung beteiligt. Dabei wird die gedruckte Ausgabe als Faksimile auf einen Rechner übertragen. Nutzer können sich zum Ortstarif einwählen und alle an dem Projekt beteiligten Zeitungen abrufen. In weiteren Schritten sollen Archivfunktionen, unterschiedliche Aktualitätsstufen, Interaktivität bis hin zu Bestellvorgängen sowie Multimedia-Angebote hinzukommen.

5 Die überarbeiteten Fachbeiträge der Tagung sind veröffentlicht in dem Band „Zeitung der Zukunft – Zukunft der Zeitung, Bilanz – Konzepte – Visionen", hg. von BERTHOLD FLÖPER und PAUL-JOSEF RAUE, ZV Zeitungs-Verlag Service GmbH, Bonn 1995.

Über Fax und Telefon können Zeitungen ihren Lesern mit geringem Aufwand zusätzliche Informationen anbieten. Besonders beliebt sind gesprochene Kontaktanzeigen, aber auch politische Zusatzinformationen oder persönliche Börsenkurse finden ihre Abnehmer.

Kapitel 1 Audiotex- und Fax-Dienste als Service der Zeitung

Geringe Investitionen – breiter Interessenkreis

Unter den elektronischen Zusatzangeboten zur gedruckten Tageszeitung sind Audiotex- und Fax-Dienste bei US-Zeitungen am weitesten verbreitet. Bei Audiotex handelt es sich um einen meist gebührenpflichtigen Dienst, der per Telefon abgerufen werden kann; beim Fax-Pendant fordern die Kunden ihre Informationen über Telekopie ab. Beide Angebote sind mit relativ geringen Anfangsinvestitionen und vor allem mit vergleichsweise niedrigen laufenden Kosten zu realisieren. Sie richten sich zudem an einen breiten Interessentenkreis, da das Telefon als Massenkommunikationsmittel längst etabliert ist. Ein ständig wachsender Teil der 1.538 US-Tageszeitungen, auch solche mit kleinen und Kleinstauflagen, offeriert seinen Lesern Informationen über Telefon oder Fax. Über 600 Zeitungen boten 1994 nach Daten der NEWSPAPER ASSOCIATION OF AMERICA (NAA) mindestens einen Audiotex-Dienst an, mehr als 150 Verlage ein auf Abruf oder im Abonnement vertriebenes Fax-Produkt.[1] Nach einer Untersuchung der KELSEY GROUP zu Jahresbeginn 1995 waren es in den Vereinigten Staaten sogar 3.200 Presseorgane (Tageszeitungen, Wochenzeitungen und

Teils gegen Gebühr – teils ohne

Anzeigenblätter), die Audiotex- oder Fax-Dienste unterhielten. Vier Jahre zuvor waren es 450 Titel gewesen, zu Beginn der Studie 1989 erst 42.
Von den für die Nutzer teils kostenpflichtigen, teils gebührenfreien Informationsdiensten sind Partnerschaftsanzeigen besonders beliebt. Über die Hälfte der Zeitungen, die der NEWSPAPER ASSOCIATION OF AMERICA (NAA) oder der KELSEY GROUP von einem Audiotex-Engagement berichteten, hatten einen solchen Dienst im Programm. Doch ob es um Sportergebnisse geht oder um die Handlung der im Fernsehen verpaßten Seifenoper, um das Kinoprogramm (mit Filmkritiken) oder die Suche nach einem Gebrauchtwagen – der Phantasie bei der Gestaltung der Informationsangebote sind keine Grenzen gesetzt.

Vier Einsatzfelder – vom Service bis zur Werbung

Es gibt vier Bereiche, in denen derzeit amerikanische Zeitungen Audiotex- und Fax-Dienste einsetzen:
- Nachrichten/Unterhaltung,
- Leserservice/Kontakte,
- Kleinanzeigen,
- Geschäftliche Werbung.

Verbreitung elektronischer Info-Dienste (bei US-Zeitungen)

Dienst	1995	„innerhalb des nächsten Jahres geplant“
Audiotex (gebührenfrei für Anrufer)	29 %	37 %
gesprochene Partnerschaftsanzeigen	35 %	40 %
Fax-Dienste	22 %	22 %
Mailbox für Kleinanzeigen	10 %	22 %
Online-Dienste	12 %	20 %

Quelle: NAA New Media Survey, April 1995; befragt wurden 658 Zeitungen.

Noch vor wenigen Jahren kostete die Technik für die Einrichtung derartiger Angebote um die 100.000 US-Dollar. Mittlerweile sind die entsprechenden Computer und die Software für einen Bruchteil zu haben.

Daß die Ausrüstung auch für kleinere Verlage erschwinglich ist, zeigt das Beispiel des POTTSVILLE REPUBLICAN aus Pottsville, Pennsylvania. Diese kleine Regionalzeitung mit einer Auflage von knapp 30.000 Exemplaren gilt als Pionier bei Audiotex. Schon 1990 begann sie mit ersten Experimenten. Aus Unzufriedenheit mit den damals verfügbaren Audiotex-Programmen entwickelte die Zeitung eine eigene Software namens INFO-CONNECT für ein einfach zu bedienendes Audiotex-System, das sowohl für die in den USA weitverbreiteten Mehrfrequenztelefone (Tonwahl) als auch für herkömmliche Impulswahltelefone (Pulswahl) ausgelegt sein sollte. INFO-CONNECT entwickelte sich schnell zum Exportschlager. Das Programm wird inzwischen in den USA und in Europa von mehr als 60 Zeitungen eingesetzt. Die Anfangsinvestition für Hard- und Software war laut Uzal Martz, Herausgeber des POTTSVILLE REPUBLICAN, bereits im zweiten Jahr nach der offiziellen Einführung im Frühjahr 1991 gedeckt. Im Frühjahr 1995 unterhielt der POTTSVILLE REPUBLICAN 48 Leitungen mit über 600 verschiedenen Audiotex-Angeboten. 1994 wurden über 1,1 Millionen Anrufe registriert. Trotz ihrer geringen Auflage genießt die Zeitung unter Verlegern hohes Ansehen. Uzal Martz wurde für 1995 zum Chairman der NEWSPAPER ASSOCIATION OF AMERICA (NAA) gewählt.[2]

Beispiel POTTSVILLE REPUBLICAN

Kleine Regionalzeitung mit mehr als 600 Audiotex-Angeboten

1.1 Nachrichten

Nachrichten: Immer aktuell

Für welche konkreten Projekte lassen sich Audiotex- und Fax-Dienste einsetzen? Nachrichten lassen sich mit ihrer Hilfe auch nach Redaktionsschluß noch aktualisieren würde: Sportergebnisse, Gerichtsurteile, Juryentscheidungen, Wahlhochrechnungen. US-Zeitungen nutzen die Dienste auch, um die tägliche Berichterstattung zu ergänzen. Bei der SACRAMENTO BEE steht beispielsweise neben der Konzertankündigung ein Zahlencode, unter dem man sich eine Kostprobe der Musik anhören kann. Beim Artikel zum 25. Jahrestag der ersten Mondlandung findet man eine Telefonnummer, unter der man Neil Armstrong von seinen ersten Eindrücken auf dem Erdtrabanten erzählen hört. Ein Artikel im POTTSVILLE REPUBLICAN zum 25. Jubiläum des Woodstock-Festivals enthielt elf Verweise auf Interviews mit Woodstock-Stars, die über Audiotex abgerufen werden konnten. Mit etwas Aufwand sind solche Dienste auch lokal realisierbar: ein Ausschnitt aus der Rede des Bürgermeisters zum Stadtratsbericht, Markantes aus der Replik des Oppositionsführers, eine Büttenrede im Originalton, eine kurze Passage aus einer bevorstehenden Dichterlesung.

Telefonservice: Wiederhören mit Woodstock

Auch das Fax kann zur Ergänzung der Nachrichten in der Zeitung herangezogen werden: in Wahlzeiten zum Beispiel durch das Angebot an die Leser, genaue Informationen über den politischen Werdegang der Kandidaten anzufordern. Eine Graphik der jeweils lokalen Wahlergebnisse einer Stadt oder eines Wahlkreises kann die Redaktion ebenso bereitstellen wie themenbezogene Artikel aus dem Zeitungsarchiv.

Fax-Dienste: Mehr und speziellere Informationen auf Anfrage

Einen Service ganz besonderer Art bietet der NEWS & OBSERVER (N&O) aus Raleigh, Hauptstadt und Regierungssitz von North Carolina. Diese Zeitung (Auflage: etwa 150.000 Exemplare) unterhält ein umfangreiches Archiv mit eigener Rechercheredaktion. Eines der Produkte, die diese Abteilung erstellt, ist die Fax-Zeitung THE INSIDER. Diese Publikation ist ganz speziell auf die Bedürfnisse von Politikern und Lobbyisten zugeschnitten und liefert nach einem festen Schema tagesaktuelle Informationen aus dem Landesparlament – Entscheidungen, Sitzungskalender, wichtige Termine – und macht sich hiermit unentbehrlich. Nach Auffassung von N&O-Vizepräsident und Chefredakteur Frank Daniels III kommt die Qualitätsarbeit der Rechercheredaktion der gesamten Zeitung zugute: Die Güte und Zuverlässigkeit der vermittelten Information werde zum Markenzeichen der Zeitung.

Markenzeichen: Verläßliche Recherchen

In der Regel sind Audiotex- und Fax-Dienste nicht zeit- und personalintensiv. In den USA gibt es eine Reihe von Agenturen, so etwa ASSOCIATED PRESS, DOW JONES und TRIBUNE MEDIA SERVICE, die Zeitungen fertig aufbereitete nicht-lokale Informationen zur Weiterverbreitung anbieten: Börsenkurse, Sportergebnisse, Horoskope, Wetter, das Fernsehprogramm …

Solche Branchendienste gibt es auch über Fax: Über die FAXLINE LIBRARY können Zeitungen ihren Lesern Zugang zu einer Vielzahl von Verbraucherinformationen verschaffen, zu Artikeln aus anderen Zeitungen und dem eigenen Archiv, zu Kochrezepten, Gesundheitstips und vielem mehr.

Viele Zeitungen beauftragen ein Audiotex- und/oder Fax-Servicebüro, entsprechende Informationsangebote für sie zu realisieren. Bei Partnerschaftsanzeigen wird zum Teil die komplette Anzeigenannahme, Umsetzung und Abrechnung bis hin zur Produktion korrespondierender Printanzeigenseiten nach außen vergeben: Die Zeitung läßt am vereinbarten Tag Platz für die Partnerschaftsanzeigen frei – die Agentur liefert den fertigen Film.

Partnerschafts-anzeigen: Zugeliefert von Spezialbüros

Erfahrungen mit den Inhalten solcher Dienste haben gezeigt, daß die Informationen um so gefragter sind, je exklusiver sie angeboten werden. Beim Audiotex-Dienst der NEW YORK TIMES etwa sind Hilfen zur Lösung des Kreuzworträtsels ein sehr beliebter Service. Die DAYTON DAILY NEWS (Ohio) erhielt an einem einzigen Samstag fast 10.000 Anrufe unter einer Nummer, bei der die Auflösung und Bewertung eines in der Zeitung veröffentlichten Abschlußtests für Schulkinder zu erfahren war. Die KANSAS CITY STAR hat großen Erfolg mit einer im Abonnement vertriebenen Basketball-Faxzeitung, die am Morgen nach jedem Spiel der Kansas University Jayhawks ausführlich berichtet. Viele Abonnenten sind Absolventen der Universität.

Testergebnis: 10.000 Anrufe

Bei der SACRAMENTO BEE werden Börsenkurse intensiv nachgefragt. Als besonderen Service bietet die BEE einen personalisierten Fax-Dienst an, der nur die Kurse individuell ausgewählter Wertpapiere enthält und zugleich – wenn gewünscht – den Wert des Aktienpaketes des Abonnenten nach Tageskursen berechnet.

Aktienpakete: Individuell berechnet

1.2 Leserservice/Kontakte

Audiotex- und Fax-Dienste lassen sich auch für die Leser-Blatt-Bindung einsetzen. Man kann die Leser auffordern, ihre Meinung zu bestimmten Themen zu sagen („Was halten Sie von …?"), man kann Beschwerden annehmen, Zeitzeugen suchen, eine Ideenbox für Anregungen zu Artikeln einrichten. Über 100 US-Zeitungen boten 1995 eine Hausaufgaben-Hotline an, damit sich Eltern unabhängig über das Aufgabenpensum ihrer Sprößlinge informieren können. Über Audiotex und Fax lassen sich Adressen und Öffnungszeiten medizinischer und sozialer Hilfsdienste bekanntgeben, Sportveranstaltungen und Sportergebnisse bis hin zum kleinsten Schulsportereignis auflisten, Buch-, Musik-

Hausaufgaben-Hotline

und Fernsehtips offerieren. Selbstverständlich gehört zum Service der lokale Veranstaltungskalender. Recht beliebt bei den Nutzern sind Unterhaltungsangebote: Coffeebreak heißt zum Beispiel ein Service der SACRAMENTO BEE, bei dem Abonnenten Cartoons, ein Keuzworträtsel und ein paar vermischte Meldungen pünktlich zur Kaffeepause ins Büro gefaxt bekommen.

Cartoons zum Kaffee

Die Telefonanlage ist für viele Zeitungen auch ein wichtiges Kontaktmittel zu ihren Lesern. Voice-Mail-Systeme ermöglichen es Anrufern, dem Ansprechpartner ihrer Wahl eine persönliche Nachricht zu hinterlassen. Diese überdimensionierten Anrufbeantworter sorgen dafür, daß keine Nachricht verlorengeht. Inzwischen gibt es sogar Systeme, die das gesprochene Wort in Text umwandeln und dem zuständigen Redakteur oder Reporter auf den Bildschirm an seinem Arbeitsplatz spielen – ein kurzer Blick genügt dann, um die Wichtigkeit der jeweiligen Nachricht zu beurteilen und abzuwägen, ob sich die Unterbrechung der jeweiligen Arbeit für einen sofortigen Rückruf lohnt.

Automatische Abonnement-Unterbrechung

Weit verbreitet ist der Einsatz von Telefonanlagen im Vertrieb: Abonnement-Unterbrechungen oder Beschwerden können auf Band gesprochen werden. Wer lieber persönlich mit jemandem sprechen möchte, wird weiterverbunden.

1.3 Kleinanzeigen

Daß Partnerschaftsanzeigen sich gut für die Präsentation in Audiotex-Systemen eignen, wurde bereits erwähnt. In den USA gehören aber auch andere Arten von Kleinanzeigen zu den gern genutzten Informationsangeboten. An erster Stelle stehen Gebrauchtwagen und Stellenanzeigen. Anrufer können nach einer Vielzahl von Kriterien suchen. Nach den Erfahrungen

Vielfältige Suchkriterien

von THE ARIZONA REPUBLIC/THE PHOENIX GAZETTE in Arizona, die einen eigenen gedruckten Immobilienführer vertreibt (vierfarbig, 14tägig erscheinend, unentgeltlich abgegeben), dessen Angebote zusätzlich über Telefon, Fax und Computer abrufbar sind, gehören auch Immobilienanzeigen zu den lukrativen, mehrfach vermarktbaren Rubriken.

1.4 Geschäftliche Werbung

Geschäftsinformationen über die Telefonleitung

Bei Überlegungen zur Transformation von gedruckten Inhalten in Audiotex- und Fax-Diensten gerät leicht aus dem Blickfeld, daß diese Dienste nicht nur den redaktionellen Teil bereichern und ein Zusatzservice für Leser sein können, sondern auch für Anzeigenkunden interessant sind. Der HARTFORD COURANT im US-Bundesstaat Connecticut (Auflage: 226.000 Exemplare) bietet Inserenten die Möglichkeit, in ihrer Printanzeige auf einen Audiotex-Eintrag im Audiotex-System COURANT SOURCE zu verweisen. Unter der jeweiligen Telefonnummer kann dann beispielsweise ein Restaurant in eineinhalb Minuten das Ambiente, die Hausspezialitäten und den Anfahrtsweg schildern. Anrufer können sich die Speisekarte zufaxen oder sich weiterverbinden lassen, um direkt einen Tisch zu reservieren. Diese Werbeform wurde bei ihrer Einführung 1992 etwa 13 Mal im Monat von Inserenten geschaltet, 1994 schon mehr als 100 Mal pro Monat.
Einen vergleichbaren Ansatz für das Medium Fax verfolgt die ST. LOUIS POST DISPATCH (Auflage: 350.000 Exemplare) aus Montana. Ihre Anzeigenkunden können eigene Inhalte zusammenstellen und sie über den POSTFAX-Dienst der Zeitung anbieten. Bedingung ist, daß der jeweilige Kunde geschäftliche Anzeigen in der Zeitung schaltet, mit denen er für seine Angebote

wirbt. Dazu Richard D. Shockey von PULITZER PUBLISHING, einem Medienkonzern, zu der die ST. LOUIS POST DISPATCH gehört: „Ich bin fest davon überzeugt, daß jeder elektronische Zusatzdienst, der die Wünsche der Anzeigenkunden außer acht läßt, unweigerlich scheitern muß."[3]

Die Veröffentlichung von Anzeigen per Fax ermöglicht Anzeigenkunden ein gezieltes Mikro-Marketing. Das umfassende Informationsangebot rufen nur Leser ab, die ein klares Informationsinteresse haben. Die Technik erlaubt es, die Gesamtzahl der Abfragen für jedes einzelne Dokument festzuhalten. So kann die Zeitung den Preis auch danach berechnen, wie hoch die Zahl der Rückantworten ist. Ferner kann dem Kunden auf Wunsch ein Bericht zugestellt werden, wie häufig sein Informationsangebot genutzt wird.

Abrechnung nach Resonanz

1.5 Finanzierung

Varianten der Finanzierung:

Zur Finanzierung von Audiotex- und Fax-Diensten bieten sich verschiedene Modelle an, die auch miteinander kombiniert werden können. Bei Audiotex arbeiteten 1995 80 Prozent der US-Zeitungsverlage mit Sponsoring: Vor dem gewünschten Informationsangebot hört der Anrufer einen Hinweis auf den Sponsor. Der Anruf selbst ist nicht gebührenpflichtig. Dieses Modell ist jedoch nicht unproblematisch: Sponsoren sind schwer zu finden, Anrufer ärgern sich über die Werbung. Eine Reihe von Zeitungen ist deshalb wieder davon abgekommen und bietet Audiotex als reinen Leserservice gebührenfrei an.

1. Sponsoring

Vor allem bei Partnerschaftsanzeigen schalten viele Zeitungen sogenannte „900"er-Nummern, bei denen die Anrufer – vergleichbar mit den deutschen 0190-Nummern – einen erhöhten Preis pro Anruf bezahlen.

2. Zusatzgebühren für Anrufer

Ebenso verbreitet ist hier ein System, bei dem Anrufer durch Eingabe einer Kreditkartennummer „Zeit“ kaufen können, um auf ein gesprochenes Inserat zu antworten. Den Gewinn teilen sich Zeitung und Telefongesellschaft, gegebenenfalls erhält ein zwischengeschaltetes Audiotex-Servicebüro seinen Anteil.

3. Kooperation mit anderen Info-Anbietern

Einige Zeitungen haben gute Erfahrungen damit gemacht, ganze Audiotex- oder Faxbereiche an interessierte Kunden oder Institutionen abzugeben – die oben erwähnte Kooperation mit Anzeigenkunden fällt unter diese Rubrik. Krankenhäuser oder Verbraucherzentralen können so gegen Gebühr ihre eigenen Serviceinformationen unter die Leute bringen. Ein Vorteil für die Zeitung liegt bei diesem Modell darin, daß sie sich nicht um die Inhalte kümmern muß: Aktualisierungen und die Verantwortung für die Richtigkeit der Hinweise übernehmen die kooperierenden Partner.

4. Werbung auf Faxen

Bei den Fax-Diensten gibt es die Möglichkeit, auf jedem gefaxten Dokument eine Anzeige zu plazieren, im Idealfall eine, die in inhaltlichem Zusammenhang zu dem abgerufenen Dokument steht. Bei Wirtschaftsinformationen sind regionale Geldinstitute gute Ansprechpartner, bei Sportergebnissen Sportgeschäfte.

1.6 Audiotex in Deutschland

Deutschland: Telefondienste mit Sonderrufnummern

In Deutschland können Audiotex-Dienste über die bundeseinheitlichen Sonderrufnummern der DEUTSCHEN TELEKOM AG realisiert werden. Am bekanntesten sind die unter der Vorwahl 0190 erreichbaren Telefondienste, für die die TELEKOM 1995 einen Jahresumsatz von mehr als 300 Millionen Mark erwartete.[4] Bei der Auswahl einer solchen Nummer zahlt der Anrufer einen erhöhten Telefontarif von derzeit DM

1,15 je Minute (12 Sekunden pro Einheit). Die Gebühren werden zwischen TELEKOM und Informationsanbieter aufgeteilt. Mit der Überführung des bis zum 31. Dezember 1995 laufenden Betriebsversuchs in den Regelbetrieb ab Januar 1996 werden neue Tarifstrukturen möglich.

Nutznießer: TELEKOM und Anbieter

Bei einer mit 0180 beginnenden Telefonnummer, die viele Unternehmen für Serviceinformationen schalten, fallen für den Anrufer entweder Gebühren nach dem Ortstarif (0180-2), dem Regionaltarif (0180-3) oder dem Ferntarif (0180-5) an.[5] Dienste unter der Vorwahl 0130 sind für Anrufer gebührenfrei.

Vorreiter: Die NEUE WESTFÄLISCHE

Unter den deutschen Zeitungsverlagen kann die NEUE WESTFÄLISCHE aus Bielefeld als Vorreiter bei Audiotex gelten. Obwohl die DEUTSCHE TELEKOM im Betriebsversuch von privaten Informationsanbietern (PIA) verlangte, für bundesweit geschaltete 0190-Informationsdienste in acht Großstädten im Bundesgebiet präsent zu sein, entschied sich die Regional-Zeitung sofort für diesen überregionalen Einstieg. Dies geschah nach Darstellung von Geschäftsführer Werner Dehne im wesentlichen aus drei Gründen:

- um sich Marktanteile zu sichern;
- weil ein rein regionales Engagement dem Verlag nicht zukunftsträchtig genug erschien;
- weil die Investition für acht Standorte und die Zentrale in Bielefeld überschaubar blieb: Zusätzliches Personal war nicht erforderlich, da die Standortanlagen über ISDN-Leitungen von der Zentrale aus gesteuert werden können.[6]

Audiotex: Vier Anwendungsgebiete

Bei der NEUEN WESTFÄLISCHEN soll Audiotex langfristig auf vier Gebieten eingesetzt werden:

- als Ergänzung der redaktionellen Inhalte (Meinungsumfragen, Lesertelefon, gesprochene Leserbriefe, erweiterte Informationen zu Artikeln, aktuelle Informationen wie regionale und überregionale Sportergebnisse am Wochenende, Echtzeit-Börsenkurse, Ratgeber-Themen ...),

- im Vertrieb (Anschriftenänderungen, Urlaubsnachsendungen, Abonnement-Unterbrechungen, Probelieferungen, Abonnement-Bestellung, Gewinnaktionen usw.),
- als Service & Unterhaltungsangebot (Veranstaltungshinweise mit Buchungsservice, Informationen zu Leserreisen, regionaler Wetterbericht, Tageshoroskop, Partnerschaftsanzeigen als Ergänzung zur Printversion, Fan-Hotline für Sportvereine) sowie
- im Anzeigenbereich.

Priorität: Service und Unterhaltung

Bei der Verwirklichung haben bei der NEUEN WESTFÄLISCHEN zunächst Service und Unterhaltung Priorität. Hier will man mit anderen Zeitungen zusammenarbeiten und als Dienstleister auftreten. Börsenkurse, Meinungsumfragen, Gewinnspiele, Sportergebnis-Dienst, Wettervorhersage und Partnerschaftsanzeigen waren im Sommer 1995 über Audiotex bereits verfügbar.

Für die technische und organisatorische Abwicklung hat die NEUE WESTFÄLISCHE zwei Tochterfirmen gegründet: Die PHONE MEDIA SERVICEGESELLSCHAFT FÜR AUDIOTEX MBH (PMS) zeichnet für Audiotex-Inhalte verantwortlich, die NEWCO SERVICEGESELLSCHAFT FÜR AUDIOTEX MBH hält Leitungskapazität und Hardware an den Standorten bereit. Bundesweit verfügte die Zeitung im Sommer 1995 über 240 Leitungen für 0190-Anwendungen und über 90 weitere Leitungen für andere Dienste (0180; 0130).

Weitere Audiotex-Anbieter

Auch andere deutsche Zeitungen boten im Sommer 1995 bereits Audiotex-Dienste an, so etwa die AUGSBURGER ALLGEMEINE (Börsenkurse), das BADISCHE TAGBLATT (Börsenkurse, Bekanntschaften), die FRANKFUR-

TER NEUE PRESSE (Meinungsumfragen, Börsenkurse, Bekanntschaften), die MITTELBAYERISCHE ZEITUNG (Gewinnspiele, Sportergebnis-Dienst), die RECKLINGHÄUSER ZEITUNG (Börsenkurse), die SÜDDEUTSCHE ZEITUNG (Umweltnachrichten), die WETZLARER NEUE ZEITUNG (Börsenkurse, Bekanntschaften) und die Verlagsgruppe HANDELSBLATT (Wettervorhersage). DIE WELT hatte verschiedene Fax-Dienste im Angebot, verschickte unter anderem täglich Zeitungsauszüge an Kreuzfahrtschiffe.

1 Vgl. Facts About Newspapers 1995, A Statistical Summary of the Newspaper Business, Published by the NEWSPAPER ASSOCIATION OF AMERICA, S. 26.

2 Die NEWSPAPER ASSOCIATION OF AMERICA (NAA) vertritt vorrangig die Interessen der Tageszeitungen. Sie hat in den USA über 1.500 Mitglieder, die zusammen rund 85 Prozent der täglich in den USA verkauften Gesamtauflage stellen. Die zweite Verlegervereinigung ist die NATIONAL NEWSPAPER ASSOCIATION (NNA), die vor allem kleine und kleinste Tages- sowie Wochenzeitungen zu ihren Mitgliedern zählt.

3 Zit. nach RICHARD D. SHOCKEY: Fax als elektronischer Zusatzdienst zum Zeitungsprodukt, in: zeitungstechnik, Februar 1995, S. 39.

4 Vgl. „Daten zum 0190er Markt", in: TELETALK, Report für neue Dienste und Technik in der Telekommunikation, Nr. 5/Vol. 3, Mai 1995, S. 3.

5 Bei der Vorwahl 0180-2 zahlen Anrufer 0,23 DM für 6 Minuten. Der Anbieter zahlt 0,23 DM für 90 Sekunden, wenn er aus der gleichen Region angerufen wird. Bei einem Anruf aus einer anderen Region werden ihm 0,23 DM für 5 Sekunden berechnet. Bei 0180-3 Vorwahlnummern zahlt der Anrufer 0,23 DM pro Minute. Anrufe aus der gleichen Region sind für den Anbieter kostenfrei, andere werden mit 0,23 DM pro 30 Sekunden berechnet. Bei 0180-5 Rufnummern bezahlen Anrufer 0,23 DM alle 21 Sekunden. Für Service-Anbieter entstehen keine Leitungskosten.

6 Vgl. WERNER DEHNE: Audiotex – eine elektronische Ergänzung zur Zeitung, in: Die Zeitungen im Spannungsfeld zwischen Print und Elektronik, Dokumentation des Arbeitskreises beim Zeitungskongreß 1994 in Bonn, BDZV-Schriftenreihe 32, Bonn 1995, S. 33-43.

Online-Dienste bieten weit mehr als nur eine virtuelle Variante der gedruckten Zeitung. Das folgende Kapitel gibt einen Überblick über kommerzielle Anbieter und lokale Dienste, was geboten und wie alles gemacht wird.

Kapitel 2 Online-Dienste für den Leser- und Anzeigenmarkt

Wenn bei Veranstaltungen und Kongressen in den USA über elektronische Zusatzdienste zur Zeitung diskutiert wird, ziehen Online-Dienste mit Abstand die größte Aufmerksamkeit auf sich. Über Online-Dienste ermöglichen es Zeitungshäuser Computernutzern, mit Hilfe von Modem und Telefonleitung bestimmte Dienstleistungen bei einem Rechner der Zeitung oder aus einem Computernetz abzurufen. Dies können Artikel der aktuellen Ausgabe oder aus dem Archiv sein, Anzeigen, Veranstaltungskalender ... Gleichzeitig erhält der Nutzer die Möglichkeit, selbst Nachrichten an die Redaktion oder andere Nutzer zu schicken, also interaktiv zu werden.

Neue Kommunikationsformen

Inhaltlich betrachtet sind Online-Dienste weit mehr als digitalisierte Ausgaben der gedruckten Zeitung. Schon die Struktur eines solchen Dienstes unterscheidet sich von der des Printproduktes:

- Es gibt keine prinzipiellen Platzbeschränkungen. Jede Nachricht kann theoretisch in allen Einzelheiten gebracht und mit zusätzlichen Hintergrundinformationen verknüpft werden. Dies können weitere Artikel sein, Lexikonbeiträge, Redemanuskripte,

Gesetzestexte, Fotos, Graphiken, Audioclips oder Videosequenzen, wobei der Übertragung bewegter Bilder aufgrund der Leitungskapazitäten und der bei den Nutzern verbreiteten Endgeräte zur Zeit noch Grenzen gesetzt sind.

Eigene Bildschirmästhetik

- Die Darstellung am Bildschirm verlangt eine andere Logik und Ästhetik als ein Printprodukt. Auf einem Bildschirm können nie so viele Informationen gleichzeitig dargestellt werden wie auf einer gedruckten Seite. Um Text zu lesen, muß man in der Regel die Bildschirmdarstellung verändern. Vom Anfang zum Ende eines Textes gelangt man entweder mit Hilfe von Bildlaufleisten, mit denen man den Text rollen kann oder durch die Darstellung des Textes auf mehreren Seiten, die man durchblättern muß. Während bei einer Zeitungsseite zunächst die großen Bilder und dann die Überschriften ins Auge fallen, kann das bei einem Online-Dienst ganz anders sein. Möglicherweise erscheint das Kleingedruckte zuerst auf dem Bildschirm: Große Bilder sind umfangreiche Dateien, die langsam über die Datenleitung kommen. Das Layout eines solchen Dienstes kann zudem variieren, je nachdem welche Software der Nutzer verwendet.

Gezielte Suche nach Informationen

- In noch höherem Maße als beim Printprodukt entscheidet der Betrachter, was er sehen will und was nicht.
- Wenn entsprechende Zugriffsmöglichkeiten auf Datenbanken eingerichtet werden, ist die gezielte Suche nach Informationen in Online-Produkten maßgeblich einfacher als in Printmedien. Der Volltext der aktuellen Ausgabe, das Archiv oder der Kleinanzeigenteil können dann bequem vom heimischen Computer aus durchsucht werden.

- Nutzer erwarten eine hohe Aktualität und tiefgehende Informationen.
- In der Regel haben Abonnenten von Online-Diensten ein großes Interesse daran, Diskussionen zu bestimmten Themen zu führen oder Gedanken per elektronischer Post auszutauschen. Die Hemmschwelle, Kontakt mit den Schreibern oder den Verantwortlichen aufzunehmen, ist wesentlich geringer. Dies führt zu hohem Feedback.

Großer Diskussionsbedarf

Erfahrungen haben gezeigt, daß es für einen erfolgreichen Online-Dienst gleich welcher Art nicht ausreicht, Printinhalte eins zu eins in ein elektronisches Medium zu übertragen. Neben dem reinen Informationsangebot müssen zusätzliche Anreize hinzukommen. Insbesondere die Möglichkeit zur Kommunikation der Nutzer untereinander und mit den Verantwortlichen des jeweiligen Dienstes hat sich als tragend und wichtig herausgestellt. Auch die Aktualität, die Präsentation von immer neuen Inhalten, spielt eine große Rolle. Für David Scott, Verleger des Online-Dienstes ACCESS ATLANTA der ATLANTA JOURNAL & CONSTITUTION, ist der Zwang zur ständigen Aktualität sogar die größte publizistische Herausforderung: „Unsere Abonnenten wollen immer voll auf der Höhe der Ereignisse sein. Das

Immer auf der Höhe der Zeit: der Online-Dienst ACCESS ATLANTA der ATLANTA JOURNAL & CONSTITUTION

Sportergebnisse während des Spiels aktualisieren

führt dazu, daß wir zum Beispiel Sportergebnisse während des Spiels laufend aktualisieren."
Immer mehr US-Zeitungen entschließen sich zur Einrichtung von Online-Diensten. Gab es in den USA Ende 1993 gerade 20 Zeitungen, die derartige Dienste unterhielten oder angekündigt hatten, waren es ein Jahr später 100, im Juli 1995 bereits 200. Brancheninsider Steve Outing, Gründer der auf Online-Dienste für Zeitungen spezialisierten Consulting-Firma PLANETARY NEWS LLC, zählte zu diesem Zeitpunkt weltweit mehr als 300 über Computer und Modem zugängliche Online-Angebote von Tageszeitungen, studentische Publikationen nicht mitgerechnet.[1]

Komfortabel: Mit einem kommerziellen Anbieter zusammenarbeiten

Die technischen Möglichkeiten für Zeitungen, einen Online-Dienst anzubieten, sind ebenso vielfältig wie die Inhalte. Relativ komfortabel ist die Zusammenarbeit mit einem der kommerziellen Online-Anbieter, die in den USA und weltweit bereits Computernetze aufgebaut haben. Zu den sechs größten, die Ende Juni 1995 rund 94 Prozent des Marktes unter sich aufteilten[2], zählen COMPUSERVE (weltweit 3,2 Millionen), AMERICA ONLINE (AOL) (drei Millionen Nutzer allein in den USA), PRODIGY (1,6 Millionen), DELPHI (140.000), EWORLD (90.000) und GENIE (75.000). Für Deutschland dürften in nächster Zeit neben COMPUSERVE vor allem BERTELSMANN ONLINE (Kooperation mit AMERICA ONLINE), EUROPE ONLINE (Kooperation mit AT&T INTERCHANGE) und MICROSOFT NETWORK als Publikationsforen interessant werden. Der Bildschirmtext der DEUTSCHEN TELEKOM AG, der neuerdings T-ONLINE heißt, ist schon seit mehr als einem Jahrzehnt eine Plattform für Verlage. PRODIGY schließt ein späteres Engagement auf dem europäischen Markt nicht aus.
Die meisten US-Zeitungen kooperieren nicht mit kommerziellen Online-Anbietern, sondern haben – oft mit

geringem Aufwand – lokale Online-Systeme entwickelt, die für Nutzer auf Abonnementbasis unter einer lokalen Telefonnummer zugänglich sind. Diese Bulletin Board Systems, im Fachjargon „local BBS" genannt, sind in Deutschland unter der Bezeichnung Mailboxen bekannt. Einige Zeitungen bieten über ihre lokalen Systeme Zugang zum weltumspannenden, nicht-kommerziellen Computerverbund INTERNET. Attraktive Dienste wie E-Mail, die elektronische Post, oder News, die weltweiten Diskussionsgruppen[3], erhöhen den Wert der lokalen Systeme für die Nutzer. Daneben gibt es reine INTERNET-Online-Dienste von Zeitungen.

Preiswert: Eigene Online-Systeme entwickeln

In den folgenden Abschnitten sollen die verschiedenen Möglichkeiten anhand konkreter Beispiele vorgestellt werden. Wert gelegt wird dabei auf Wirtschaftlichkeit. Unter ökonomischen Gesichtspunkten ist nämlich das Online-Engagement der meisten Zeitungen noch kein Erfolg. Viele Zeitungshäuser sehen in ihren Online-Diensten ein Experimentierfeld. Sie wollen Know-how erwerben, um für die Herausforderungen einer Zukunft gerüstet zu sein, in der Elektronisches Publizieren eine größere Rolle spielen könnte als heute. Sie wollen auch die im Umgang mit Computern erfahrenen jungen Leute für die Zeitung gewinnen. Stellvertretend sei hierzu Bruce Siceloff zitiert, verantwortlicher Redakteur für die INTERNET-Zeitung im Online-Dienst NANDO.NET des NEWS & OBSERVER in Raleigh, North Carolina: „Ein wichtiger Teil des ‚NANDO-Modells' zielt auf Schulkinder und Lehrer – die Mehrheit unserer Nutzer –, die den Dienst kostenlos erhalten. Wir helfen ihnen damit heute, und hoffen dabei, daß sie uns in zehn Jahren helfen werden, mehr Leser und Anzeigenkunden zu gewinnen."[4]

Online-Dienste: Zunächst Experimentierfeld für Elektronisches Publizieren

Keine überzogenen Erwartungen

Wenn man den derzeitigen Grad der Verbreitung von mit Modems ausgestatteten Personalcomputern in der deutschen Bevölkerung betrachtet (im Sommer 1995 gab es schätzungsweise fünf bis sieben Millionen multimediafähige PC, zwischen Mitte 1994 und Mitte 1995 wurden 1,1 Millionen Modems verkauft[5]), dabei in die Überlegungen miteinbezieht, daß nach den Erfahrungen aus den USA höchstens zehn Prozent der Multimedia-PC-Besitzer auch einen kommerziellen Online-Dienst abonnieren, und unter diesen Voraussetzungen die Chancen eines Online-Dienstes im Verbreitungsgebiet kleiner Regionalzeitungen betrachtet, ist vor überzogenen Erwartungen zu warnen. Zitiert sei hier Friedrich W. Burkhardt, Vorsitzender der INES Media Concepts GmbH und ehemaliger Managing Director der Zeitungsforschungs-Organisation IFRA: „Menschen haben keinen Sinn für elektronische Signale. Wir brauchen also Empfangsgeräte. Und deren Vorhandensein definiert den Markt."[6]

2.1 Zusammenarbeit mit kommerziellen Online-Anbietern

Zahl der Online-Abonnenten nimmt zu

Wenn sich die bisherige Entwicklung fortsetzt, daß Computertrends aus den USA im Abstand weniger Jahre Europa erreichen, können kommerzielle Online-Anbieter auf gute Geschäfte hoffen. 1994 abonnierten in den USA so viele Menschen wie nie zuvor einen Online-Dienst. Die Gesamtzahl der Abonnenten stieg zwischen Juni 1994 und Juni 1995 um 64 Prozent. Allein zwischen Ende März 1995 und Ende Juni 1995 konnten die Online-Dienste die Zahl ihrer Mitglieder um 17 Prozent steigern. Mehr als 8,5 Millionen Haushalte waren Ende Juni 1995 an einen oder mehrere kommerzielle Online-Dienste angeschlossen. Im zweiten Vierteljahr 1995 beantragten täglich 14.000 Menschen eine Zugangsberechtigung.[7]

Marktforscher: Zuversichtlich

Mit solchen Zahlen läßt sich trefflich jonglieren. Entsprechend zuversichtlich sind die Prognosen der Marktforscher im Hinblick auf die künftige Entwicklung: 3,8 Milliarden Mark nach den Preisen von 1991 werden die deutschen Privathaushalte im Jahr 2000 für digitale Medien ausgeben, schätzt das Züricher PROGNOS-INSTITUT. 25 Prozent aller Haushalte werden dann über einen Multimedia-PC verfügen, 15 Millionen Computer in deutschen Wohnungen stehen.[8] Elektronische Informationsdienste setzten bereits 1994 in Deutschland rund 1,33 Milliarden Mark um (davon 1,07 Milliarden DM online) – eine Steigerung gegenüber 1993 um 14,8 Prozent.[9]

15 Millionen PC in deutschen Wohnungen

Bereitstellung und Unterhalt globaler oder nationaler kommerzieller Online-Netze übersteigen in der Regel die finanziellen Möglichkeiten eines einzelnen Zeitungsverlages. Die großen Online-Dienste sind deshalb zu begehrten Kooperationspartnern der „global players" der Informationsindustrie geworden: BERTELSMANN hat Anteile an AMERICA ONLINE erworben und will zusammen mit dem US-Konzern Ende 1995 einen auf den europäischen Markt zugeschnittenen Dienst starten.[10] Die BURDA-Mediengruppe hat mit dem gleichen Ziel gemeinsam mit britischen und französischen Partnern EUROPE ONLINE gegründet, das ebenfalls Ende 1995 auf den Markt kommen soll. COMPUSERVE ist als einziger Online-Dienst schon länger in Europa und weltweit präsent.

Offene Frage: Unterhaltung oder Information?

Ob die bislang etablierten, auf Privatkunden zugeschnittenen Online-Dienste in erster Linie Informations- oder Unterhaltungsmedien sind, ist noch nicht entschieden. Sie sind Zwitter, die sowohl Möglichkeiten größerer Mailboxen bieten (siehe Abschnitt „Lokale Online-Dienste“, Seite 84ff.), als auch Zugriff auf professionelle Datenbanken. Angebote von Zeitungen finden sich neben Computerinformationen, Kleinanzeigen, Spielen, Unterhaltung, Reise und Wetter. Die Hauptmärkte kommerzieller Online-Netze sind nicht geographisch definiert, sondern entlang von Interessengebieten.

Kooperationen: Vor- und Nachteile

Für Zeitungen hat eine Kooperation mit kommerziellen Online-Anbietern Vor- und Nachteile. Sie gilt es abzuwägen. Zu den Vorteilen zählt, daß kommerzielle Anbieter eine Reihe von Vorleistungen bringen:

- Technische Infrastruktur:
  Zeitungen müssen sich nicht um Technik und Kundendienst kümmern. Das Netz und die Software, die für Zugang und Programmgestaltung nötig ist, sind bereits vorhanden. Die Investitionskosten des Zeitungsverlages können relativ niedrig sein.
- Organisatorische Infrastruktur:
  Erscheinungsbild, Aufbau und innere Logik des Dienstes sind vorgegeben. Es gibt bereits einen Kundenstamm, meist sogar mit Nutzern aus dem Verbreitungsgebiet der Zeitung. Die gesamte finanzielle Abwicklung ist geregelt und wird übernommen. Das finanzielle Risiko ist minimiert. Marketingaktionen kommen sowohl dem Online-Anbieter als auch der Zeitung zugute.

Hilfreich: Vorleistungen der Anbieter

- Inhaltliches Umfeld:
  Das inhaltliche Angebot der Zeitung wird eingebettet in ein Umfeld anderer Dienste. Dies können grundverschiedene Angebote sein, wie etwa die Möglichkeit, elektronische Post über das INTERNET zu schicken, in Echtzeit mit anderen Nutzern via Bildschirm zu plaudern, zu spielen oder Software auf den eigenen Rechner zu laden. Es können auch nützliche Ergänzungen zum inhaltlichen Angebot

der Zeitungen sein, wie etwa aktuelle Kurznachrichten, Börsenkurse, Diskussionen, Electronic Shopping oder andere Formen der Interaktivität.

Die vorgegebene Struktur der Dienste der kommerziellen Online-Anbieter hat für Zeitungen aber auch Nachteile:

Hinderlich: Einengende Vorgaben

- Verlust der Identität:
  Im Erscheinungsbild ist ein Zeitungsverlag im Umfeld eines kommerziellen Online-Anbieters nicht völlig frei. Es besteht die Gefahr, „zu einer Würst-

Gemischtwarenladen im Netz (hier bei CompuServe): Von Nachrichten bis zu Spielen ist alles dabei.

chenbude in einem Einkaufszentrum zu werden". (Friedrich W. Burkhardt)

- Eingeschränkte Werbeeinnahmen:
  Bei der Verwendung und Plazierung von Anzeigen gibt es je nach Online-Dienst Beschränkungen. Eigene Online-Bereiche für Inserenten können in Konkurrenz zur Zeitung treten.
- Verlust des direkten Kontakts zu den Kunden:
  Nur wenige Dienste erlauben es Zeitungsverlagen bislang, eine eigenständige Beziehung zu ihren Nutzern aufzubauen: Kunden der Online-Ausgabe sind dann in erster Linie Kunden des Online-Anbieters, nicht Kunden der Zeitung.
- Geringe finanzielle Anreize:
  Die (bislang geringen) Umsätze, die sich mit Online-Diensten erzielen lassen, müssen mit den kommerziellen Online-Anbietern geteilt werden. Diese lassen sich den Zugang zu ihrem Netz durch einen Anteil am Umsatz bezahlen, der bis zu 90 Prozent betragen kann. Wesentlich günstigere Vertragsabschlüsse sind allerdings möglich. Die Aufteilung muß im Einzelfall ausgehandelt werden. Die meisten Online-Anbieter verlangen einen Mindestumsatz.

Standard: Übergang ins Internet

Eine Überlegung, die früher in jede Entscheidung für oder gegen die Zusammenarbeit mit einem kommerziellen Online-Anbieter mit einzubeziehen war, kann heute entfallen, nämlich die, ob ein solcher Anbieter angesichts der verlockenden Ressourcen des INTERNET in der Lage sein wird, seine Kunden zu halten. Alle kommerziellen Online-Dienste bieten heute einen Übergang ins INTERNET an oder werden dies bis spätestens 1996 tun. Die Ressourcen des INTERNET können dann von jedem Netz aus genutzt werden, einschließlich dem DATEX-J-Dienst der DEUTSCHEN TELEKOM, der seit August 1995 T-Online heißt. An der vollen Kompatibilität wird gearbeitet.

2.1.1 T-Online

Von BTX zu T-Online

Die frühesten Online-Erfahrungen in Deutschland haben die meisten Zeitungsverlage in schlechter Erinnerung. Der zur Internationalen Funkausstellung 1983 in Berlin von der Deutschen Bundespost offiziell präsentierte Bildschirmtext[11] wurde euphorisch als dialogfähiges Medium gefeiert. 1986 hatten mehr als 20 Prozent der deutschen Zeitungen ein Angebot in BTX. Als BTX dann zum Stichtag 30. September 1986 statt der prognostizierten eine Million Teilnehmeranschlüsse gerade 53.412 nachweisen konnte, stiegen viele Verlage aus. Heute werden nur noch wenige Seiten von Zeitungsverlagen angeboten. Meist handelt es sich um Basisinformationen für Anzeigenkunden, Abonnementverwaltung und die Annahme von Kleinanzeigen.

Aufschwung mit Öffnung für PC-Nutzer

Mit der Internationalen Funkausstellung im August 1995 präsentierte die Deutsche Telekom AG BTX noch einmal neu. Der Dienst firmiert jetzt unter der Bezeichnung T-Online und wird als „Deutschlands größter Online-Dienst" vermarktet. Obwohl aus Sicht eines Computeranwenders im Vergleich zu anderen kommerziellen Online-Diensten noch immer unhandlich und kompliziert, erlebt T-Online alias Datex-J alias BTX seit der Zugangsöffnung für PC-Nutzer einen kaum mehr für möglich gehaltenen Aufschwung. Zwischen Ende 1992 (340.423) und Ende 1994 (708.455) hat sich die Zahl der BTX-Anschlüsse verdoppelt. 1995 gewann BTX pro Monat im Durchschnitt 20.000 neue Abonnenten. Ende Juni waren es rund 818.000 Teilnehmer, die sich durchschnittlich 12,5 Millionen Mal

im Monat in BTX einwählten. 85 Prozent von ihnen benutzen dazu PC und Modem oder ISDN-Adapter, bei den Neukunden waren es sogar 93 Prozent.
Rund 2.500 Anbieter hatte die DEUTSCHE TELEKOM AG im Juni 1995 für Online-Dienste und -informationen unter Vertrag. Das Spektrum reichte vom Börsendienst über Reisebuchungen bis hin zu Partnerschaftssuche, Live-Diskussionen und Datenbanken. BTX soll zu einem vollwertigen kommerziellen Online-Dienst mit vollem Anschluß zum INTERNET ausgebaut werden. Ein erster Schritt in diese Richtung war die Einführung des KIT-Software-Standards (KIT = Kernsoftware für intelligente Terminals), der die Darstellung der Angebote auf dem Bildschirm in graphisch ansprechender Form ermöglicht. KIT-Angebote können vom Nutzer am Bildschirm über eine graphische Benutzeroberfläche per Mausklick aufgerufen werden. Die Orientierung innerhalb des Dienstes wird ebenfalls erleichtert. Während der erwarteten Umstellungsphase in den nächsten zwei bis drei Jahren unterstützen KIT-Decoder auch den bisher in BTX verwendeten CEPT-Standard, der auf die Fernsehbild-Darstellung ausgelegt war.

Ausbau mit INTERNET-Anschluß

Schon seit der Öffnung von BTX für die Nutzer von Personalcomputern war es möglich, Software, Texte, Bilder und Klangdateien auf den eigenen Rechner zu laden. Seit 1995 geht dies in den größeren Städten auch mit Modem-üblicher Übertragungsgeschwindigkeit von 14.400 Baud oder über ISDN. Nach Ankündigung von Horst Gellert, TELEKOM-Vorstand für den Geschäftskundenbereich, sollen bis Ende 1995 flächendeckend schnelle Zugangsknoten zur Verfügung stehen.
Ende August 1995 verschickte die TELEKOM an jeden BTX-Teilnehmer eine CD-Rom mit neuer Software für

T-ONLINE. Ein integrierter Decoder erlaubt den Zugang zum World Wide Web (WWW), der graphischen Multimedia-Oberfläche des INTERNET (siehe Abschnitt „World Wide Web“, Seite 124ff.). Auch Empfang und Versand von E-Mail sind jetzt von jedem BTX-Anschluß aus möglich. Echtzeitkonferenzen (Chat) und Telnet waren schon zuvor zugänglich gewesen.

Heidelberg: RHEIN-NECKAR-ZEITUNG mit ausführlichem redaktionellen Teil präsent

Die RHEIN-NECKAR-ZEITUNG (RNZ) aus Heidelberg war im Sommer 1995 die einzige Zeitung, die einen ausführlichen aktuellen redaktionellen Teil via BTX anbot. Wenn man vom Kurznachrichtenprogramm der DPA absieht, fanden sich überhaupt nur hier tagesaktuelle Weltnachrichten und Kommentare. Die RNZ war außerdem die erste Zeitung, die graphisch im KIT-Standard gestaltete Seiten anbot. Das inhaltliche Angebot ist relativ ausführlich. Im Lokalteil gibt es Veranstaltungshinweise, das Heidelberger Kinoprogramm, eine Nahverkehrs-Fahrplanauskunft. Der Nachrichtenteil und auch die Lokalberichterstattung sollen nach Auskunft von BTX-Redakteur Werner Maisch ausgebaut werden, sobald das Ganzseitenumbruchsystem im Mutterhaus etabliert ist. An einen redaktionellen Aufwand wie zu Beginn des RNZ-Engagements Anfang der 80er Jahre sei vorerst aber nicht gedacht.

Erste Zeitung im KIT-Standard: Die RNZ aus Heidelberg

Zweieinhalb Redakteure sind bei der RNZ für das BTX-Programm zuständig. Rund 700 Menschen sahen sich die Nachrichtenseiten täglich an (Stand April 1995) – die im neuen KIT-Software-Standard gestalteten Seiten erreichten noch höhere Abrufzahlen, obwohl die dazu benötigte Software unter den Nutzern noch nicht besonders stark verbreitet war.[12] Angenommen wird das Angebot laut Maisch vor allem von jungen Leuten. Thematisch liegen dabei Musikcharts, Kino und Informationen aus dem Computerbereich (Shareware) vorn. Besonders beliebt sind die von den DATEX-J-Nutzern selbst bestimmten Flop-Charts zu verschiedenen Themen: Musik, Fernsehen, Politik … Abonnementverwaltung und Kleinanzeigenaufnahme gehören ebenfalls zum Service. Zusätzlich unterhält die RNZ eine eigene BTX-Agentur. Werbung auf ihren Seiten ist ebenfalls möglich.

Heidenheim: Regionalzeitung mit Recherchedienst

Auch die HEIDENHEIMER ZEITUNG präsentiert ihren BTX-Nutzern regionale Veranstaltungshinweise und eine (besonders preisgünstige) Kleinanzeigenannahme. Außergewöhnlich ist der Recherchedienst. Für vier Mark pro Artikel kann man Kopien aus dem Lokalteil der HEIDENHEIMER ZEITUNG (HZ) oder der HEIDENHEIMER NEUEN PRESSE anfordern. Dieser Recherchedienst wurde – so HZ-Geschäftsführer Hans-Jörg Wilhelm – früher in noch größerem Umfang angeboten und vor allem von Geschäftskunden gerne genutzt. Zur Zeit seien die Leistungen aus Personalgründen zurückgefahren. Insgesamt habe die HEIDENHEIMER ZEITUNG von Beginn an versucht, sich in BTX als lokales Medium zu präsentieren. Der Erfolg sei allerdings schwer meßbar: „Wir erscheinen in einem Kreis mit 120.000 Einwohnern. Darunter sind vielleicht 300 BTX-Nutzer." Noch gibt es keine handfesten Kriterien, um zu entscheiden, ob das viel oder wenig ist.

Kölner Zeitungen mit Rumpfangebot

Auf den Seiten des KÖLNER STADT-ANZEIGERS und des EXPRESS erwartet den BTX-Surfer nur noch Anzeigenannahme, Abonnenten-Verwaltung und die Möglichkeit, der Zeitung eine Nachricht zu hinterlassen.[13] Drei weitere Regionalzeitungen waren mit Leserservice und Anzeigeninformationen in BTX erreichbar: die HILDESHEIMER ALLGEMEINE ZEITUNG, die KÖLNISCHE RUNDSCHAU und die SCHWETZINGER ZEITUNG. Sie alle melden einen kleinen, aber vergleichsweise treuen Kundenstamm, der das BTX-Angebot regelmäßig nutzt. Primäres Ziel der BTX-Präsenz sei es, „im System zu bleiben". Dies sei mit minimalem Aufwand möglich. Die FRANKFURTER ALLGEMEINE ZEITUNG (FAZ) nutzt BTX zu Selbstdarstellung und Produktinformation. Ihr professioneller Recherchedienst wird ebenfalls über BTX angeboten. Wer selber im Archiv nachschauen will, landet nach umfangreichen Instruktionen unter dem Logo der FAZ beim Datenbankanbieter GBI.

Datenbanken mit Archiv-Vermarktung

Da BTX vom Großteil seiner Nutzer weniger zur Freizeitgestaltung als vielmehr stark zweckorientiert eigesetzt wird (Beispiel Homebanking: Mehr als eine Million Girokonten wurden im Juni 1995 über BTX geführt), haben auch Datenbankanbieter BTX als Medium entdeckt. Die Archive von Zeitungen werden zur Zeit in BTX über zwei Datenbankanbieter vermarktet: GBI und GENIOS (siehe auch Kapitel „Das Zeitungsarchiv – elektronisch vermarktet", Seite 137ff.). Die Recherche im Archiv wird nach Zeittakt abgerechnet. Jeder tatsächlich aufgerufene Artikel kostet einen Festpreis.

Abrechnungsmodelle mit vielen Varianten

Wer in BTX eigene Inhalte präsentieren möchte, kann dies mit relativ geringem Aufwand tun. Möglich sind selbstgestaltete Seiten mit und ohne Anzeigen. In jedem Fall trägt der Anbieter die Verantwortung für die Auffindbarkeit seiner Angebote: Er muß die Aufnahme in Verzeichnisse und Schlagwortregister, gegebenenfalls auch ein prägnantes Kürzel für seinen Dienst beantragen. Die Kosten für den Nutzer können vergleichsweise frei festgelegt werden: kostenfreie Seiten oder pay per view, Zeittaktabrechnung, Einzelgebühren. Auch die Einrichtung geschlossener Benut-

T-Online

Adresse	Deutsche Telekom AG, Niederlassung 3 Berlin D-10897 Berlin
Kontakt	Tel.: 01 30/01 99 oder 0 30/25 95-0; Fax: 0 30/25 95-13 99
Abonnenten	818.000 (Ende Juni 1995) monatlicher Zuwachs etwa 20.000
Personalbedarf	je nach Aufwand ab einer Stelle zwei Stunden pro Woche
Tageszeitungen	*eigenständige Angebote* • Frankfurter Allgemeine Zeitung • Heidenheimer Zeitung • Hildesheimer Allgemeine Zeitung • Kölner Stadt-Anzeiger + Express • Kölnische Rundschau • Rhein-Neckar-Zeitung (KIT*) • Schwetzinger Zeitung • …
	Archiv-Vermarktung auf GENIOS und/oder GBI (siehe auch Kapitel „Das Zeitungsarchiv – elektronisch vermarktet") • Berliner Zeitung • Frankfurter Allgemeine Zeitung • Neue Zürcher Zeitung • Süddeutsche Zeitung • Stuttgarter Zeitung • die tageszeitung • Der Tagesspiegel • …

Einkünfte	geschäftliche Anzeigen im eigenen Angebot; Abrufgebühren für Seiten (frei festlegbar innerhalb einer Spanne von 0,01 DM bis 9,99 DM); Nutzungsgebühren pro Zeiteinheit (0,01 DM bis 1,30 DM pro Minute), Transaktionsgebühren; „Kopfprämie" für neugewonnene Abonnenten
Kosten für Anbieter	Es gibt verschiedene Abrechnungsmodelle. Bei Nutzung des TELEKOM-Rechnerverbundes verlangt die TELEKOM feste monatliche Gebühren für die Bereitstellung von Diensten (bundesweite Leitseiten, speichern und ändern von BTX-Seiten, Mitteilungsversand ...). Bei Nutzung eines externen Rechners via DATEX-P werden vom Übertragungsvolumen abhängige Gebühren erhoben. Das Angebot kann zu unterschiedlichen Konditionen überregional oder nur regional geschaltet werden
Gebühren für Nutzer	DM 8,-/Monat plus Verbindungskosten plus diverse Kommunikationszuschläge abhängig von der Tageszeit und dem gewählten Dienst. Bei BTX fallen als Grundgebühr tagsüber 6 Pfennig pro Minute an, abends 2 Pfennig. Bei Premiumdiensten innerhalb von BTXPLUS, wo Angebote im neuen KIT-Standard vorrangig zu finden sind, kommen pro Minute weitere 6 Pfennig hinzu. Für spezielle Dienste können weitere Gebühren anfallen: Die Telefonauskunft kostet 60 Pfennig pro Minute, die Nutzung von Datenbanken einen Festpreis pro abgerufenen Artikel. Die Ende August neu hinzugekommenen INTERNET-Dienste World Wide Web (WWW) und E-Mail kosten in der Pilotphase 10 Pfennig pro Minute zusätzlich zur Grundgebühr

zergruppen ist möglich – theoretisch könnte ein Zeitungsangebot in BTX also auch im Abonnement vertrieben werden. Für die technische Umsetzung bieten sich verschiedene Möglichkeiten an. Gegen feste Gebühren kann der Rechnerverbund der TELEKOM genutzt werden. Interaktive Angebote, bei denen der Kunde in der Regel sofort eine Antwort erwartet, werden zumeist über externe Rechner realisiert, die mit der TELEKOM über DATEX-P verbunden sind. Die Abrechnung übernimmt in vollem Umfang die TELE-

KOM. Die Gebühren für BTX werden dem Nutzer über die Telefonrechnung in Rechnung gestellt.

2.1.2 CompuServe

Ältester Online-Dienst: COMPUSERVE mit 3,2 Millionen Mitgliedern

Der älteste amerikanische Online-Dienst mit zugleich der stärksten Präsenz auf dem deutschen Markt ist COMPUSERVE. Das 1979 in Columbus, Ohio, gegründete Unternehmen zählte Ende Juni 1995 weltweit 3,2 Millionen Mitglieder, davon rund 150.000 im deutschsprachigen Raum (Deutschland, Österreich, Schweiz). Monatlich gewinnt der Dienst nach Konzernangaben im Schnitt 150.000 neue Mitglieder (12.000 im deutschsprachigen Raum). Zugangsmöglichkeiten bestehen in 150 Ländern.

COMPUSERVE-Dienste gliedern sich in Basisdienste (über 100, ohne Zusatzkosten zur Grundgebühr nutzbar, zum Beispiel DPA-Kurznachrichten, Wetterinformationen, BERTELSMANN Lexikon) und Premiumangebote (rund 2.500, nach Zeittakt und/oder anderen Modi abgerechnet), zu denen bis Sommer 1995 durchgängig alle Zeitungsangebote zählten. Für September 1995 hatte COMPUSERVE ein neues Abrechnungsmodell angekündigt, das einen Großteil der Angebote zum Basistarif zugänglich machen soll. Seit April 1995 können COMPUSERVE-Abonnenten zusätzlich zu E-Mail, Softwarebibliotheken, Foren, Echtzeit-Konferenzen, Reiseinformationen und Spielen auch auf alle Dienste des INTERNET zugreifen.

Online-Dienst und Offline-Ergänzung

COMPUSERVE war bis Redaktionsschluß dieses Buches der einzige Online-Dienst, der sein Angebot konsequent mit interaktiven Multimedia-CD-Roms unterstützte, also durch ein Offline-Medium ergänzte. Diese Kombination ermöglicht es Nutzern, offline gezielt nach Informationen oder Softwareprogrammen zu suchen, die dann per Mausklick online abgerufen werden können.

Der als Netz für Computersupport groß gewordene Online-Anbieter zielt auch heute noch vorrangig auf computerinteressierte Menschen und Geschäftskunden. Im Vergleich zu anderen Diensten, die auf Unterhaltung setzen, legt CompuServe großen Wert auf das Informationsgeschäft. Abonnenten haben Zugriff auf mehrere Nachrichtenagenturen und umfangreiche kostenpflichtige Datenbanken, deren Nutzung allerdings zumindest Grundkenntnisse in der Abfragesprache voraussetzt. Ein Beispiel dafür ist IQuest, ein Dienst, der via CompuServe Zugang zu über 800 Spezialdatenbanken ermöglicht. Über den Dienst

800 Spezialdatenbanken und viele Zeitungsarchive

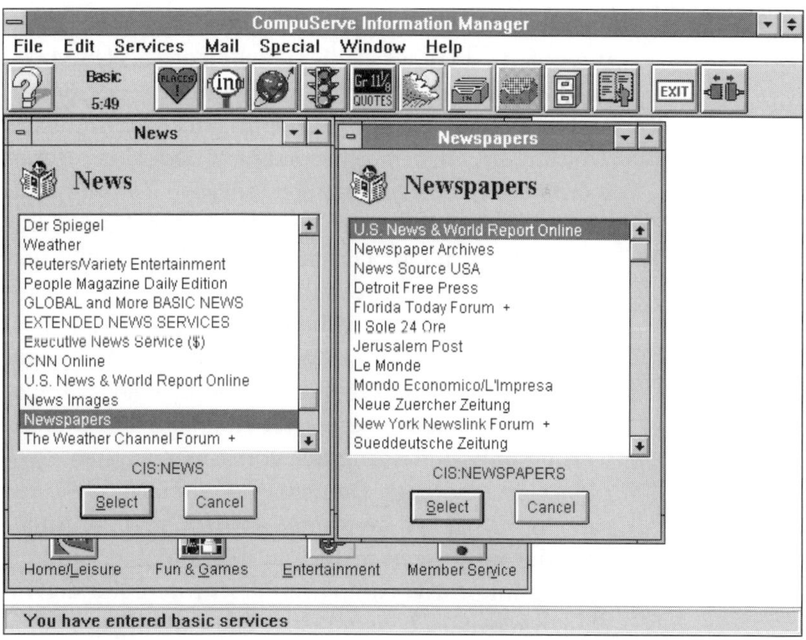

Das Informationsgeschäft ist ein Schwerpunkt im CompuServe-Angebot.

Automatische Suche durch Software-Agenten

Kosten-günstiges Experimentier-feld

Strenge Vorgaben

NEWSPAPER ARCHIVES können die Volltextarchive von 55 Zeitungen aus den USA und Großbritannien durchsucht werden. Vor allem für Geschäftskunden sind die Premium-Dienste interessant, etwa Finanzinformationen. COMPUSERVE-Abonnenten haben die Möglichkeit, Agenturmaterial nach selbst festgelegten Kriterien durchsuchen zu lassen. Die Zahl der Suchprofile ist auf drei beschränkt. Gefundene Artikel legt der zu den Premium-Diensten zählende EXECUTIVE NEWS SERVICE in Ordnern ab, in denen dann geblättert werden kann. Eine Lieferung der Informationen frei Haus über E-Mail wie bei NEWSHOUND erfolgt jedoch nicht.

COMPUSERVE ist vor allem für Zeitungen interessant, die ein kostengünstiges Experimentierfeld suchen. John Smyntek, Direktor der DETROIT FREE PRESS, sagt, daß der Online-Dienst seiner Zeitung auf einem Computer läuft, der alles in allem nicht mehr als US $4.000 gekostet hat: ein 486er PC mit Soundkarte, externem Modem, Scanner und Drucker. Entwicklungssoftware, Training und der Speicherplatz auf dem Hostrechner werden von COMPUSERVE gestellt. Die Zeitung muß nur die Personalkosten tragen, die zur Betreuung ihres Angebots anfallen. Die beiden GANNETT-Zeitungs-Dienste FLORIDA TODAY und NEW YORK NEWSLINK kommen jeweils mit einer halben Redakteursstelle aus.

Der Haken an der Sache: Zeitungen müssen ihre Angebote streng an den Vorgaben des Online-Dienstes ausrichten. COMPUSERVE erwartet eine tägliche Aktualisierung oder Betreuung der von seinen Content-Providern angebotenen Dienste und einen Mindestumsatz von US $3.000 im Monat. Optisch sind die Angebote der Zeitungen nicht von irgendeinem anderen Special-Interest-Forum zu unterscheiden. Für eigene Design-Ideen bleibt kein Platz, ebensowenig für Anzeigen: Anzeigen gibt es in COMPUSERVE nur in einer speziell ausgewiesenen Einkaufsmeile. Auf der Einnahmenseite müssen sich die Zeitungen mit dem mit CompuServe ausgehandelten Anteil an den Abonnementgebühren und einer „Kopfprämie“ für neu geworbenen Kunden begnügen. Das Unternehmen erwartet von Zeitungsverlagen auch die Bereitschaft, gemeinsame Marketingaktionen on- und offline durchzuführen.

Detroit: Geringer personeller Aufwand

Ein Beispiel für eine mit geringem technischen und personellen Aufwand gemachte Online-Zeitung ist Free Press + der Detroit Free Press, der größten Tageszeitung im US-Bundesstaat Michigan. Free Press + gibt es seit Januar 1994 und wurde innerhalb von nur zwei Monaten realisiert. Zwei Redakteure kümmern sich um das Online-Forum auf CompuServe. Sie sind außerdem für die Audiotex- und Fax-Dienste der Zeitung zuständig. Entsprechend bescheiden ist das Angebot. Nutzern werden online täglich etwa 30 neue Artikel zugänglich gemacht, die morgens nach Erscheinen der Printausgabe eingespielt werden. Es gibt dabei keine aktuelle Ausgabe. Die Informationen werden vielmehr in Rubriken eingespeist, in denen auch Artikel früherer Ausgaben abrufbar sind. Zu

Das Spezialgebiet der Detroit Free Press: Geschichten rund ums Auto.

CompuServe GmbH

Adresse	Postfach 1169 D-82001 Unterhaching
Kontakt	Klaus Mantel, Product Manager Tel.: 089/66535-0; Fax: 089/66535-240
Abonnenten	3,2 Millionen (Ende Juni 1995), 150.000 im deutschsprachigen Raum, davon 130.000 in Deutschland
Personalbedarf	eine Stelle etwa 20 Stunden pro Woche
Zeitungen	• GANNETT SUBURBAN NEWSPAPERS (NEW YORK NEWSLINK, Oktober 1993) • FLORIDA TODAY (FLORIDA TODAY FORUM, Februar 1993) • DETROIT FREE PRESS (FREE PRESS + FORUM, Januar 1994) Zahlreiche Zeitungsarchive online (55 US- und UK-Zeitungen allein über den Datenbankhost NEWSPAPER ARCHIVES, SÜDDEUTSCHE ZEITUNG, NEUE ZÜRCHER ZEITUNG), aktuelle Nachrichtenagenturen (DPA-Kurznachrichten, REUTERS, AP, CNN)
Kosten für Anbieter	Ausgehandelter Prozentsatz der Einkünfte aus der tatsächlichen Nutzung der Zeitungsangebote durch die Abonnenten (z.B. im Zeitungsforum verbrachte Zeit, abgerufene kostenpflichtige Artikel...), „Kopfprämie" für neugeworbene Abonnenten, keine Anzeigen, Mindestumsatz > US $3.000/Monat
Gebühren für Nutzer	US $9,95/Monat Grundgebühr; seit 10. September 1995 fünf Stunden freie Online-Zeit inklusive Zugang zu fast allen COMPUSERVE-Diensten einschließlich INTERNET, (zuvor kostenpflichtigen) Foren, E-Mail; jede weitere Online-Stunde US $2,95; gesonderte Abrechnung von Archivdiensten und Datenbankrecherchen

bestimmten Themengebieten gestaltet die Redaktion Informations-Pakete. Spezialisiert hat sich die Zeitung auf Themen rund ums Auto: Hintergrundgeschichten zur Entwicklung der Autoindustrie, Fotos, Fahrberichte, sogar Videos, die die Modelle verschiedener

Hersteller in Aktion zeigen, können abgerufen werden, aber auch Gesundheitsinformationen, Ratgeberartikel, Finanztips und dergleichen. Bisweilen veranstaltet die Zeitung auch Live-Diskussionen.

In einem gesonderten, nicht kostenpflichtigen Bereich werden Service-Informationen angeboten: Kunden können hier ihr Zeitungsabonnement ordern oder während des Urlaub unterbrechen. Wer will, kann DETROIT-FREE-PRESS-Bücher und -Marketingartikel bestellen. Auch das Archiv kann – zurück bis zum Jahr 1987 – online durchsucht werden. Jeder betrachtete Artikel kostet US $1,50.

Online-Service

Die DETROIT FREE PRESS entschloß sich zu der Zusammenarbeit mit COMPUSERVE, „weil wir dahin gehen wollten, wo die Kunden waren", wie Rick Ratliff, verantwortlicher Redakteur von FREE PRESS +, bei der Zeitungskonferenz „Connexions IX" 1994 in Las Vegas ausführte. Es gehe darum, Erfahrungen zu sammeln: „Low cost, low risk." Sein Kollege Kenneth A. Paulson von NEW YORK NEWSLINK findet vor allem interessant, daß die Zeitungsdienste auf COMPUSERVE vorrangig ein nicht-lokales Publikum anziehen: „Unsere ursprüngliche Annahme war, daß unser Online-Produkt eine Ergänzung unserer Zeitungen sein würde. Aber in den meisten Fällen ist die Nutzerbasis vollkommen verschieden." FREE PRESS + erhält Anfragen rund um das Auto und die Autoindustrie aus aller Welt. NEW YORK NEWSLINK soll häufig Stellung zu touristischen Attraktionen im Großraum New York beziehen. Bei FLORIDA TODAY stehen Informationen zum amerikanischen Weltraumprogramm im Vordergrund: Cape Caneveral gehört schließlich zum südlichen Verbreitungsgebiet.

Neue Nutzergruppen

Wenn eine Zeitung kein eigenes Forum einrichten und unterhalten will, bietet COMPUSERVE eine weitere Form

Reine Archivverwaltung

der Zusammenarbeit an: die reine Archiv-Vermarktung. Deutschsprachige Zeitungen wie die SÜDDEUTSCHE ZEITUNG oder die NEUE ZÜRCHER ZEITUNG haben sich für dieses Modell entschieden. Seit Anfang 1995 sind ihre Datenbanken über COMPUSERVE recherchierbar.

2.1.3 America Online (AOL) / Bertelsmann Online

Explosionsartige Entwicklung: AMERICA ONLINE

AMERICA ONLINE (AOL) war 1994 der am schnellsten wachsende Online-Dienst und erlebt eine geradezu explosionsartige Entwicklung. Innerhalb eines einzigen Jahres verfünffachte das 1985 gegründete Unternehmen die Zahl seiner Mitglieder, warb mehr als eine Million neuer Abonnenten. Ende Juni 1995 hatte der Dienst drei Millionen Nutzer. In Kooperation mit der deutschen BERTELSMANN AG will AMERICA ONLINE den europäischen Markt erschließen. Für Ende 1995 ist der Start des deutschen Dienstes angekündigt, Zugangsmöglichkeiten in Frankreich, Großbritannien und weiteren Ländern sollen folgen.[14] Über einige wenige Einwahlknoten in deutschen Großstädten war die amerikanische Version von AMERICA ONLINE bereits im Sommer 1995 zugänglich. Ein erster Test der deutschen Software begann im September in Gütersloh, Hamburg, Berlin und München.

Deutscher Dienst in Kooperation mit BERTELSMANN

Im Juni 1995 boten vier Tageszeitungen über AMERICA ONLINE elektronische Dienste an: die CHICAGO TRIBUNE (CHICAGO ONLINE), die ORLANDO SENTINEL (ORLANDO SENTINEL ONLINE), die NEW YORK TIMES (@TIMES) und die SAN JOSE MERCURY NEWS (MERCURY CENTER), wobei der Inhalt von @TIMES sich auf das Kultur- und Freizeitgeschehen in der Stadt New York konzentriert. Zusätzlich waren die Inhalte diverser Militärzeitungen, Nachrichtenagenturen und des Wirtschaftsblatts INVESTORS BUSINESS DAILY zugänglich. Auf Artikel aus

Das Main Menu von AMERICA ONLINE

15 weiteren Tageszeitungen kann über das Archiv von MERCURY CENTER zugegriffen werden.

Vor allem große Zeitungskonzerne nutzen AMERICA ONLINE dazu, erste Erfahrungen mit Online-Publikationen zu machen, allen voran die finanzstarke TRIBUNE COMPANY aus Chicago[15], dicht gefolgt von der KNIGHT-RIDDER-Gruppe. Unter der Bezeichnung DESTINATION FLORIDA debütierte im Juni 1994 im Netzwerk ein Reise-Informationsdienst (seit Mai 1995 ein Gemeinschaftsunternehmen von TRIBUNE und KNIGHT-RIDDER), der neben reisebezogenen Inhalten verschiedener in Florida erscheinender TRIBUNE- und KNIGHT-RIDDER-Zeitungen auch aktuelle Hotel- und Restaurantinformationen, Buchungsmöglichkeiten, einen Veranstaltungskalender, Ausflugstips und den lokalen

Kartenverkauf über DESTINATION FLORIDA

Wetterbericht zugänglich macht. Über den integrierten Vorverkaufsservice Ticketmaster können die Nutzer von Destination Florida auch gleich Karten für mehr als 7.000 Veranstaltungen in Florida kaufen.

San Jose: Infos aus dem Mercury Center über Fax, Telefon und Computer

Wie sieht nun ein Zeitungsdienst auf America Online konkret aus? Als Beispiel sei hier das Engagement der San Jose Mercury News mit ihrem Dienst Mercury Center vorgestellt.

Die San Jose Mercury News ist eine Tageszeitung für San Jose und das Silicon Valley in Nordkalifornien. Die Auflage liegt unter der Woche bei 282.000 Exemplaren, sonntags bei 341.000. Die Zeitung ist Teil der Knight-Ridder-Gruppe von 27 Tageszeitungen, zu der auch der Miami Herald, der Philadelphia Inquirer und die Detroit Free Press gehören. Die in Miami ansässige Knight-Ridder Inc. betreibt das online zugängliche Datenbanksystem Dialog, Knight-Ridder Financial und andere Informationsdienste. Die San Jose Mercury News hat eine eigene Abteilung für neue Medien, genannt Mercury Center, die für die Verbreitung von Informationen über Telefon, Fax und Computer zuständig ist.

Im April 1992 begannen bei der San Jose Mercury News erste Planungen für elektronische Zusatzdienste.

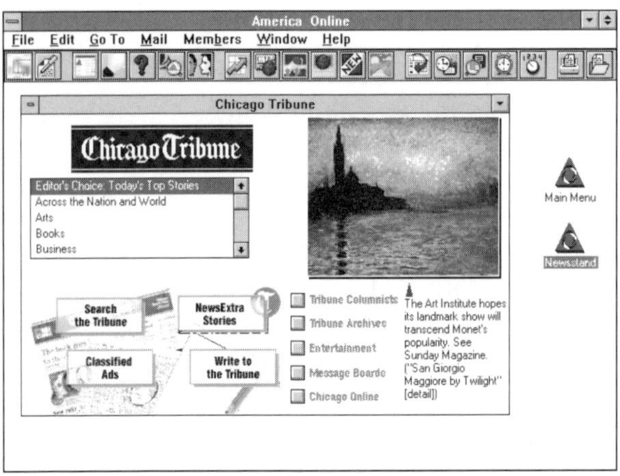

Anbieter auf America Online: die Chicago Tribune

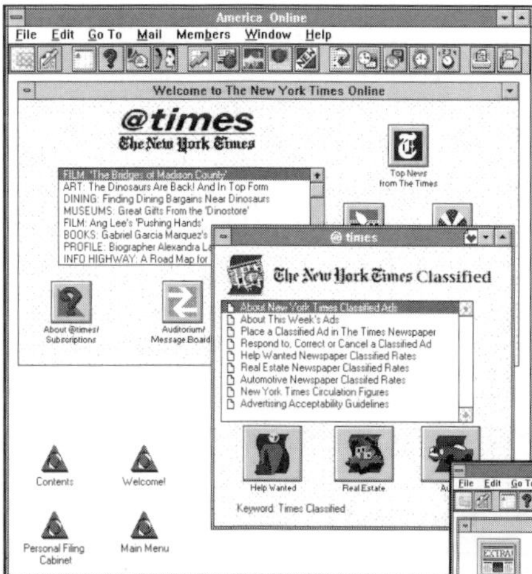

Aktuelle Nachrichten, Unterhaltung, Kleinanzeigen: Zeitungen auf AMERICA ONLINE

Gleich zu Beginn wurden Verhandlungen mit AMERICA ONLINE aufgenommen, dem damals nach Auffassung der Verlagsleitung zukunftsträchtigsten kommerziellen Online-Anbieter. Am 10. Mai 1993 startete dann MERCURY CENTER auf AOL. Zum Service gehören der komplette Text der Printausgabe (mit Kleinanzeigen, aber ohne geschäftliche Anzeigen) sowie rund 300 Artikel pro Tag, die nicht gedruckt erscheinen (darunter viele Pressemitteilungen und Agenturgeschichten). Es gibt schwarze Bretter und Diskussionslisten zu den verschiedensten Themen. Über E-Mail kann man mit Redakteuren, Reportern und Kolumnisten direkt in Kontakt treten. Zusätzlich können Abonnenten das Archiv der SAN JOSE MERCURY NEWS (zurück bis Juni 1985) und 15 weiterer Tageszeitungen nutzen, beispielsweise des BOSTON GLOBE. Für die Nutzung die-

Komplette Printausgabe mit 300 Artikeln zusätzlich

ses Services werden Gebühren im Zeittakt erhoben: 80 Cents pro Minute tagsüber, 10 Cents pro Minute abends und an den Wochenenden. Die abgerufenen Artikel sind frei. Dieser Service entwickelte sich entgegen der Vermutung von Skeptikern sehr erfolgreich und schadete auch nicht der professionellen Vermarktung des Archives über Datenbank-Hosts wie DIALOG oder DATASTAR.

Besuch in der virtuellen Bücherei

Die Nutzer von AMERICA ONLINE können virtuelle Büchereien besuchen, in denen MERCURY CENTER Informationen zu bestimmten Interessengebieten zusammengestellt hat. Es gibt Kleinanzeigen, die frei nach Kriterien durchsucht werden können, auf Abruf auch geschäftliche Anzeigen. Ein Veranstaltungskalender mit dem lokalen Film-, Fernseh- und Live-Unterhaltungsprogramm rundet das Angebot ab.

Im November 1993 erweiterte die SAN JOSE MERCURY NEWS die Palette von MERCURY CENTER um abonnierbare Audiotex- und Fax-Dienste. Zusätzlich wurde ein professioneller Recherche-Dienst (NEWS SEARCH) durch geschultes Archivpersonal eingeführt. Erste Planungen für eine Verbreitung der Zeitung im INTERNET begannen. Ab Mitte Oktober 1994 bot MERCURY CENTER auf AMERICA ONLINE einen NEWSHOUND genannten Service an, der Artikel der Zeitung, diverse Nachrichtenagenturen, andere Zeitungen und Kleinanzeigen automatisch nach frei wählbaren Kriterien (Stichworten) durchsucht und das Ergebnis der Recherche im elektronischen Briefkasten des Nutzers ablegt. Für US $4,95 pro Monat können bis zu fünf verschiedene Profile angegeben werden, nach denen NEWSHOUND die Daten durchsuchen soll. Inzwischen ist dieser Service auch für Nutzer des INTERNET verfügbar und hat knapp über 2.000 Abonnenten. Nach Auffassung von Robert Ingle, Vize-Präsident für Neue Medien der

NEWSHOUND auf der Spur von Stichworten

America Online Inc.	
Adresse	8619 Westwood Center Drive USA Vienna, Virginia 22187-2285
Gegründet	1985
Abonnenten	3 Millionen (Ende Juni 1995)
Personalbedarf	vier (CHICAGO ONLINE) bis zwölf Stellen (MERCURY CENTER)
Zeitungen	• CHICAGO TRIBUNE (CHICAGO ONLINE, Mai 1992) • SAN JOSE MERCURY NEWS (MERCURY CENTER, Mai 1993) • NEW YORK TIMES (@TIMES, Juni 1994) • ORLANDO SENTINEL (ORLANDO SENTINEL ONLINE, Mai 1995)
Einkünfte	Beteiligung an den Einnahmen durch Abonnenten im Verbreitungsgebiet der Zeitung, ausgehandelter Prozentsatz der Einkünfte aus der Nutzung der Zeitungsdienste durch alle Abonnenten von AOL, „Kopfprämie" für neugeworbene Abonnenten, geschäftliche Anzeigen
Kosten für Anbieter	Gebühr für Ersteinrichtung und laufenden Unterhalt, Beteiligung von AMERICA ONLINE an Anzeigeneinnahmen und Einnahmen durch Premium-Dienste wie beispielsweise Datenbankrecherchen im Archiv
Gebühren für Nutzer	US $9,95/Monat für fünf Stunden, danach US $2,95/Stunde, keine gesonderten Kosten für Zeitungsdienste (außer für Archivnutzung)

KNIGHT-RIDDER INC., gehört Software-Agenten wie NEWSHOUND im Online-Bereich die Zukunft: „Online-Dienste sind Zeitfresser. Und Software-Agenten werden sehr erfolgreich sein, weil sie Zeit sparen helfen, anstatt sie zu verbrauchen."[16]

Im Januar 1995 eröffnete MERCURY CENTER im INTERNET, genauer gesagt im World Wide Web, der graphisch ansprechenden Multimedia-Anwendung (vgl. Abschnitt „World Wide Web", Seite 124), eine weitere

Abonnement-System mit kostenlosen Überschriften

elektronische Präsenz. Auf dieser Plattform, auf der sich anspruchsvolle Graphiken präsentieren lassen, wurde der vollständige Inhalt der gedruckten SAN JOSE MERCURY NEWS ursprünglich kostenlos angeboten. Inzwischen wurde ein Abonnementsystem eingeführt. Die Überschriften sind weiterhin für jedermann frei zugänglich. Wer mehr wissen möchte, kann die elektronische Ausgabe für US $1 (Zeitungsabonnenten) oder US $5 (alle anderen) pro Monat abonnieren. Allzuviele Nutzer machen von dieser Möglichkeit noch nicht Gebrauch: Im Mai 1995 gab es bezahlte Abonnements „im unteren vierstelligen Bereich", während die Hauptseiten täglich von 7.000 bis 10.000 Menschen angesehen wurden. Dennoch wächst die Zahl der Abonnenten ständig. Zum Vergleich: (AOL) hat im Verbreitungsgebiet der SAN JOSE MERCURY NEWS rund 65.000 Abonnenten (Stand Juni 1995). MERCURY CENTER steht prinzipiell allen AOL-Nutzern ohne Zusatzkosten zur Verfügung. Rund 5.000 Menschen nutzen den Dienst jeden Tag, etwa zehn Prozent davon hauptsächlich den Kleinanzeigenteil.[17]

Gegenüber dem Angebot auf AMERICA ONLINE ist der INTERNET-Service von MERCURY CENTER eher rudimentär, soll jedoch weiter ausgebaut werden. Bei Redaktionsschluß dieses Buches gab es keine Möglichkeit, gezielt nach Artikeln in der aktuellen Ausgabe oder im Archiv zu suchen. Es gab keine zusätzlichen Artikel zur Printausgabe, dafür aber einen auf AMERICA ONLINE nicht vorhandenen aktuellen Stellenmarkt, der bei den Nutzern gut ankommt. Zusatzangebote wie Chat, Diskussionsforen oder Electronic Shopping fehlten.

Finanzierung durch Anzeigen

Finanziert wird das INTERNET-Engagement der SAN JOSE MERCURY NEWS hauptsächlich durch Anzeigen. Insgesamt stehen die Chancen gut, daß all die diversen Engagements der SAN JOSE MERCURY NEWS im Bereich der neuen Medien zusammengenommen Ende des Jahres 1995 schwarze Zahlen schreiben.

Wenn man sich die Printausgabe der SAN JOSE MERCURY NEWS ansieht, bekommt man eine Vorstellung davon, wie das Zusammenwirken und die gegenseitige Ergänzung von elektronischen Diensten und gedruckter Zeitung aussehen kann. Jeden Tag findet sich auf der unteren Hälfte der Seite 2 neben dem ausführlichen Impressum ein großer Kasten, in dem die spannendsten und interessantesten Ereignisse im Online-Dienst und Telefonservice angekündigt werden. Zusätzlich steht bei Artikeln, zu denen es online oder telefonisch weitere Informationen gibt, ein Hinweiskasten mit genaueren Instruktionen.

Verzahnung mit der Printausgabe

Mit welchem Aufwand realisiert die SAN JOSE MERCURY NEWS ihr Engagement? Investitionen in Material und Ausrüstung waren bislang gering: Für AMERICA ONLINE fielen überhaupt keine derartigen Investitionen an, für den INTERNET-Dienst nur geringe. Anders sieht es mit den Personalkosten aus. Für den Gesamtbereich Neue Medien hat die Zeitung 18 neue Mitarbeiter eingestellt.

Die deutsche Variante: BERTELSMANN ONLINE

Wenn BERTELSMANN ONLINE Ende 1995 auf den Markt kommt – der genaue Name stand bei Redaktionsschluß des Buches noch nicht fest –, werden Abonnenten über eine deutsche Version der Software Zugriff auf das komplette Angebot von AMERICA ONLINE haben – Zugang zum INTERNET inbegriffen. Hinzu kommen eigenständige inhaltliche Komponenten, zum Beispiel deutsche Diskussionsforen und E-Mail. Auf einer Pressekonferenz am 1. März 1995 in Frankfurt kündigte Mark Wössner, Vorstandschef der BERTELSMANN AG an, daß eine Online-Ausgabe des STERN auf jeden Fall von Anfang an bei dem neuen Dienst mit dabei sein

Zugang zum INTERNET

Bertelsmann Online GmbH & Co. KG	
Adresse	Baumwall 7 D-20459 Hamburg
Kontakt	Christoph Hömberg, Marketing-Manager Tel.: 040/36159-310; Fax: 040/36159-333
Abonnenten	Dienst soll Ende 1995 starten
Personalbedarf	keine Angaben
Zeitungen	keine Angaben
Kosten für Anbieter	keine Angaben
Gebühren für Nutzer	keine Angaben

werde. Über konkrete Projekte von BERTELSMANN- und/oder GRUNER + JAHR-Publikationen war im Sommer 1995 noch nichts zu erfahren. Laut Marketing-Manager Christoph Hömberg soll der neue Dienst für Kooperationen mit Zeitungshäusern außerhalb des Konzerns offen sein. Der gemeinsame Online-Dienst von BERTELSMANN und AMERICA ONLINE in Deutschland zielt wie in den USA auf Privatkunden. Bis zum Jahr 2000 soll der neue Dienst über eine Million Abonnenten zählen und nach Ende der Aufbauphase mehr als eine Milliarde DM Umsatz erwirtschaften, hieß es bei BERTELSMANN. Bis der Dienst die Gewinnschwelle erreicht – prognostiziert ist dafür 1998/99 – will BERTELSMANN 150 Millionen DM investieren. Einen gleich hohen Betrag steuert AMERICA ONLINE mit technischer Infrastruktur bei. Zusätzlich hat BERTELSMANN für 75

Millionen DM fünf Prozent des AMERICA ONLINE-Aktienkapitals übernommen.

2.1.4 Europe Online Deutschland

Sie waren noch nicht auf dem Markt, schon sorgten sie für Furore. Das gilt sowohl für das von einer internationalen Firmengruppe gegründete Unternehmen EUROPE ONLINE, zu dessen Haupteignern die BURDA-Mediengruppe gehört[18], wie für die Software INTERCHANGE, die von Verlegern für Verlage entwickelt wurde und die nach Angaben von Firmensprechern „die elektronische Version einer Druckmaschine" sein soll. In der Tat offeriert die Software, die in den USA Mitte 1995 bei zwei ambitionierten Online-Projekten von Zeitungen erstmals zum Einsatz kam (bei der WASHINGTON POST und bei der STAR TRIBUNE in Minneapolis), Möglichkeiten, die keines der anderen kommerziellen Computernetzwerke bieten kann. Mit ihrer Hilfe kann eine elektronische Zeitung äußerlich dem Erscheinungsbild des Printproduktes wirklich angeglichen werden. Sowohl die Seitengestaltung als auch Anzeigenformate sind frei wählbar. Es gibt mehr Interaktionsmöglichkeiten für den Nutzer, die einzelnen Elemente sind einfacher zu bedienen. Zudem kann sich der Nutzer durch zahlreiche Querverbindungen sehr

Vor dem Start für Furore gesorgt: EUROPE ONLINE

Die „elektronische Version einer Druckmaschine": Software INTERCHANGE

Bequeme Querverbindungen

schnell und einfach durch den Dienst hindurchblättern. Routinearbeiten lassen sich im Hintergrund erledigen.

Im Januar 1995 kündigte EUROPE ONLINE an, die INTERCHANGE-Software für ihre Online-Plattform zu verwenden, die es ab Ende 1995 für europäische Konsumenten in der jeweiligen Landessprache (deutsch, englisch, französisch) geben soll. Beim Start des Projekts sollen zunächst nur überregionale Dienste angeboten werden. Ein Zugang zum INTERNET ist vorgesehen. Ab 1996 steht die Gründung regionaler Tochtergesellschaften auf dem Plan. Dann könnte ein Engagement bei EUROPE ONLINE auch für Regionalzeitungen interessant werden. Attraktiv für Verleger ist die Möglichkeit, innerhalb des Netzwerkes eine eigene Beziehung zu den Kunden aufzubauen. Zeitungen können beispielsweise ihren Kunden eigene Softwareversionen anbieten. Beim Aufbau der Verbindung zum Netzwerk erscheint dann die Online-Zeitung als erstes auf dem Bildschirm, nicht die Begrüßungsseite von EUROPE ONLINE. Zudem bleiben die Abonnenten Kunden der Zeitung: Das Verlagshaus wird an jedem Umsatz beteiligt, den dieser Kunde irgendwo im Netz verursacht.

Abonnent bleibt Kunde der Zeitung

In der Preisgestaltung für ihre Angebote sind die Informationsanbieter völlig frei. Sie können einen monatlichen Festpreis für ein Abonnement verlangen, pro abgerufener Leistung abrechnen oder ihren Service völlig frei anbieten. „Theoretisch können Sie für den Abruf jedes Artikels und jeder Graphik einen gesonderten Preis verlangen", erklärt EUROPE ONLINE-Manager Karsten Weide, „unser Abrechnungssystem hat damit keine Probleme." Gängiger sei sicherlich eine Abonnement-Lösung, gekoppelt mit Extragebühren für Sonderleistungen, beispielsweise Archivrecherche.

Freie Preisgestaltung

Platz für Anzeigen gibt es bei EUROPE ONLINE ebenfalls. Am unteren Bildschirmrand gibt es hierfür einen festen Platz: Der Inhalt wechselt alle 20 Sekunden.

Kunde zahlt Grund- und Leistungsgebühr

Die Kunden müssen in jedem Fall den festgelegten Preis zusätzlich zur Grundgebühr für EUROPE ONLINE (etwa US $10) bezahlen. Anders als in den Vereinigten Staaten wird es in Europa möglich sein, nur den Basisdienst des Netzwerks zu abonnieren. In den USA können die Kunden nur auf Dienste des AT&T-INTERCHANGE-Netzes zugreifen, wenn sie den Premiumdienst eines kooperierenden Verlages abonnieren.

Mit seinem Angebot will EUROPE ONLINE zwei Zielgruppen erreichen: Privatleute, die Spaß an Computern haben, und Geschäftsleute mit kleinen Büros, im Fachjargon SOHO genannt (= Small office/home office). Der Schwerpunkt der Angebote soll im Privatbereich bei Unterhaltung, Bildung, Nachrichten, Reise (Direktanschluß an Buchungssysteme der Reisebüros) und elektronischen Einkaufsmöglichkeiten liegen. Für die Geschäftskunden werden praktische Bürodienstleistungen angestrebt, etwa eine Stellenbörse oder Arbeitsvermittlung, ein Übersetzungsdienst, elektronische Bestellmöglichkeiten.

Umfang der Präsenz im Netz entscheidet Personalbedarf

Wieviel Personal eine Zeitung bereitstellen muß, um einen Dienst in EUROPE ONLINE unterhalten zu können, schwankt je nach Umfang. EUROPE ONLINE hat vier Kategorien vorgesehen: Bronze, Silber, Gold und Platin. Während sich eine Grundpräsenz im Netz – Standardseite mit eigenem Logo – schon mit einer halben Redakteursstelle realisieren läßt, sind Platin-Dienste, wie sie die WASHINGTON POST oder die STAR TRIBUNE im AT&T-INTERCHANGE-Netz in den USA unterhalten, nur mit erheblichen Investitionen zu realisieren. Die WASHINGTON POST erstellt ihre Online-Ausgabe beispielsweise mit 26 Beschäftigten, die STAR TRIBUNE mit 14.

Beide Zeitungshäuser investierten mehrere Millionen Dollar.

Die für neue Medien zuständige Tochtergesellschaft DIGITAL INK der WASHINGTON POST verfolgt zur Zeit eines der ambitioniertesten Projekte im Online-Bereich. WASHINGTON POST ONLINE soll bei minimalen Zugeständnissen an die Technik Redakteuren und der Anzeigenabteilung maximale Gestaltungsmöglichkeiten für Inhalt und Design eröffnen. Mit der Entscheidung für eine „bahnbrechend neue Technologie" (Firmenprospekt INTERCHANGE) handelte sich Verleger Donald Brazeal allerdings nicht nur – wie erhofft – eine Option auf die Zukunft ein, sondern zunächst einmal Ärger: Die mit vielen Vorschußlorbeeren bedachte Einführung des Dienstes mußte wegen Verzögerungen bei der Fertigstellung der Software immer wieder verschoben werden. Es gab Probleme bei der Übertragung der internen digitalen Formate auf die Netzwerkplattform, mit der Geschwindigkeit und einiges mehr. Am 17. Juli 1995 gab das Unternehmen schließlich nach über einjährigem Probelauf den kommerziellen Start des Dienstes bekannt.

Start nach einjährigem Probelauf

Donald Brazeal zeigt sich dennoch zufrieden. Für ihn gab letztlich die Entscheidungsfreiheit den Ausschlag, die diese Software dem Verleger an die Hand gibt. Die Technik habe nicht im Vordergrund gestanden. Sein Team habe sich zunächst überlegt, was man mit diesem elektronischen Produkt eigentlich wolle, bevor man sich über das technisch Machbare informiert habe. Dann habe man sich nach einem Partner umgesehen, der es ermöglicht,

- das elektronische Produkt als Markenartikel der Muttergesellschaft zu präsentieren;
- attraktive Anzeigen zu gestalten;

- auf neue Ideen der Redaktion (etwa für verbesserten Leserservice) flexibel und rasch zu reagieren;
- Buchhaltung, Abonnementverwaltung und Abrechnung so einfach und effizient wie möglich zu gestalten;
- sich beim Informationsangebot auf lokale Information zu konzentrieren.

Ambitioniertes Projekt: DIGITAL INK der WASHINGTON POST

Die WASHINGTON POST ONLINE will in Washington D.C. zum lokalen Informationszentrum ersten Ranges werden. Inhaltlich gleicht WASHINGTON POST ONLINE dennoch weitgehend den Online-Diensten anderer Zeitungen, auch wenn einige außergewöhnliche Dienste angeboten werden. Die aktuelle Zeitung ist nachts ab 1

Elektronische Nachbarschaften

Uhr vor Erscheinen der Printausgabe abrufbar. Zusätzlich zum Inhalt der Zeitung werden weitergehende Informationen aus Wirtschaft, Sport, Schule und Unterhaltung angeboten. Elektronische Nachbarschaften sollen durch das eigenständige Engagement von Kommunalparlamenten und Schulen entstehen. WASHINGTON POST ONLINE räumt diesen Organisationen Raum in ihrem Service ein.

Verbindungen zu anderen Informationsquellen

Abonnenten erhalten ständig aktualisierte Artikel. Darüber hinaus haben sie Zugang zu allen Agentur-Nachrichten von AP-ONLINE, REUTERS und SPORTS TICKER. Viel Arbeitskraft steckt die Redaktion von WASHINGTON POST ONLINE in Hintergrundberichte. Eine fast 20köpfige Redaktion reichert die Artikel der Zeitung und AP-Beiträge mit Hypertext-Links an, also mit per Mausklick aktivierbaren Verbindungen zu einer Vielzahl von Informationsquellen. Das können Volltexte von Reden sein, Beiträge aus einem Nachschlagewerk (das CIA World Factbook ist fester Bestandteil des Service), Forschungsergebnisse, politische Positionspapiere, im Online-Dienst laufende Diskussionen oder Artikel aus dem Archiv der WASHINGTON POST. Die Nachrichten werden in einer Vielzahl von Formen präsentiert: Nutzer sollen zum Beispiel alles über eine bestimmte Basketballmannschaft nachlesen können, alles aus einem bestimmten Staat, Land oder Kontinent. Ein individueller Clipping-Service soll weitergehende Informationsbedürfnisse decken.

Abwechslungsreiche Präsentation

Spezielle Stadtteilnachrichten

Auch die Unterhaltung kommt nicht zu kurz. Es gibt Veranstaltungskalender, Spiele, Umfragen, Diskussionsgruppen und weitere interaktive Formen, auf die einzelnen Stadtteile zugeschnittene Lokalnachrichten und einen gut gemachten Freizeitführer. WASHINGTON POST ONLINE-Nutzer sollen auch eine Verbindung zum

INTERNET erhalten, was bei Redaktionsschluß dieses Buches noch in der Planungsphase war. Das Archiv der WASHINGTON POST ist – zurück bis zum Jahr 1986 – online recherchierbar. Für den Kleinanzeigenteil gibt es eine Suchfunktion, die auch automatisch im Hintergrund ablaufen kann. Neben Kleinanzeigen gibt es geschäftliche Werbung.

Marketing für den Dienst

Bei Redaktionsschluß des Buches hatte die WASHINGTON POST eine aggressive Marketingkampagne für ihren neuen Dienst angekündigt. Rund um Washington D.C. benutzen 63 Prozent aller Erwachsenen einen PC zu Hause oder bei der Arbeit. 50 Prozent haben einen eigenen Computer. Fast 60 Prozent der Bevölkerung im Großraum Washington D.C. gehören zu den Abonnenten der WASHINGTON POST.

STAR TRIBUNE: Umfangreiches elektronisches Engagement

Mit einer Auflage von 405.000 unter der Woche und 695.000 sonntags gehört die STAR TRIBUNE aus Minneapolis/St. Paul zu den 16 größten Großstadtzeitungen der USA. Seit 1992 hat die STAR TRIBUNE eine Reihe von Projekten mit elektronischen Medien auf den Weg gebracht. Die Inhalte der Zeitung sind über Datenbankanbieter wie DIALOG, DATASTAR oder LEXIS/NEXIS zugänglich.

Über einen Audiotex-Dienst können Leser Börsenkurse, Unterhaltungsangebote und Zusatzinformationen zum Inhalt der Zeitung abrufen. Fax-on-

Nach einjährigem Probelauf im Netz: STAR TRIBUNE ONLINE

Interaktive Wohnungssuche

Demand wird vor allem für regionale Wirtschaftsinformationen und Firmenporträts nachgefragt. FON-A-HOME ist ein interaktiver Online-Dienst für Vermieter und Wohnungssuchende, REAL RATA SYSTEMS INC. ein vergleichbarer Dienst im Immobilienbereich.

Einjähriger Probelauf

Seit dem 18. Juni 1995 gibt es offiziell auch STAR TRIBUNE ONLINE. Vorausgegangen war ein rund einjähriger Probelauf, bei dem die 14köpfige Online-Redaktion die Möglichkeiten des neuen Mediums und der Software testete. Bei STAR TRIBUNE ONLINE handelt es sich um einen lokalen, über Abonnement vertriebenen Online-Dienst im AT&T-INTERCHANGE NETWORK, der von der STAR TRIBUNE an Nutzer in Minnesota und den angrenzenden Staaten direkt vermarktet wird. Inhaltlich bietet er laufend aktualisierte Lokalnachrichten, Zugang zu Agenturen im INTERCHANGE-Zentralbereich (Börsenkurse, Wetter ...), interne Datenbanken mit lokalen und nicht-lokalen Inhalten, erweiterte Hintergrundberichte, Originaldokumente, elektronische Post, moderierte Diskussionsforen, Homeshopping, Kleinanzeigen sowie Zugang zu TWIN-CITIES-ONLINE, einem von der Zeitung ins Leben gerufenem Netzwerk lokaler nichtkommerzieller Interessengruppen und Organisationen. Ein voller Zugang zum INTERNET soll noch 1995 möglich werden. Die Nutzer müssen für den von der STAR TRIBUNE selbst vermarkteten Dienst bis Oktober 1995 monatlich US $5,95 bezahlen, danach US $10,95 für fünf Stunden online. Zusätzliche Stunden kosten US $2,95; Artikel aus dem Zeitungsarchiv pro Stück 50 Cents.

Nutzer zahlt monatlich

Bei der STAR TRIBUNE fiel laut Steve Yelvington, dem verantwortlichen Redakteur für STAR TRIBUNE ONLINE, die Wahl ganz bewußt auf die Zusammenarbeit mit einem kleinen, noch nicht etablierten Computernetzwerk: „Für einen geographisch fokussierten Service, wie wir ihn uns vorstellen, bot INTERCHANGE einfach die beste Software. Über das INTERNET können wir unsere Klientel derzeit nicht erreichen." Und wie sieht die finanzielle Perspektive für den Online-Dienst aus? Für den Verlag steht der Imagegewinn im Vordergrund. STAR TRIBUNE ONLINE soll mit 28.000 bis 30.000 Abonnenten einen schmalen Gewinn abwerfen – in ein bis zwei Jahren will man soweit sein. Und wenn der Dienst kein Erfolg wird? Yelvington: „Das wird nicht passieren. Wenn doch, haben wir zumindest etwas gelernt. Wer kein Risiko eingeht, kann nicht gewinnen."

Imagegewinn im Vordergrund

Europe Online Deutschland

Adresse	Rosenkavalierplatz 10 D-81925 München
Kontakt	Claus Andreas Preen Tel.: 089/92097-0 oder 92097-200; Fax: 089/92097-299
Abonnenten	geplanter Start Ende 1995
Personalbedarf	je nach Aufwand: eine halbe Stelle bis hin zu über 20 Stellen
Zeitungen	(im AT&T-INTERCHANGE NETWORK, über EUROPE ONLINE gegen Zusatzgebühr zugänglich) • STAR TRIBUNE (STAR TRIBUNE ONLINE, Juni 1995) • WASHINGTON POST (WASHINGTON POST ONLINE, Juli 1995)
Kosten für Anbieter	Beteiligung am Umsatz, den die vom jeweiligen Unternehmen geworbenen Abonnenten im Gesamtnetz verursachen, freie Preisgestaltung bei inhaltlichen Angeboten, Anzeigen möglich
Gebühren für Nutzer	Zeitungsdienste in den USA US $9,95/Monat, geplante Grundgebühr in Europa ebenfalls in dieser Höhe, INTERNET-Zugang vorgesehen, freie Basisdienste, gesonderte Abrechnung für Premiumdienste (Online-Zeitungen, Archivdienste, Datenbankrecherchen ...)

2.1.5 eWorld

Von APPLE ins Rennen geschickt: EWORLD

Ein relativ neuer Mitspieler auf dem Online-Markt mit Ambitionen auf eine Expansion nach Europa ist EWORLD, der 1994 gegründete Multimedia-Dienst der APPLE COMPUTER INC. Zumindest bei der graphischen Gestaltung nimmt APPLE die Redeweise vom „globalen Dorf" wörtlich: Statt eines Textmenüs, wie es die anderen Online-Dienste bieten, begrüßt den Besucher ein virtueller Marktplatz mit Postamt, Schule und Nachrichtenkiosk. „Leicht verständlich, leicht zu nutzen und leicht, sich darin zu bewegen" soll diese Datenwelt nach Ankündigung von APPLE sein. 200 Anbieter hatten sich im Mai 1995 in einem der virtuellen Gebäude häuslich eingerichtet. 90.000 Nutzer in den USA waren potentielle Besucher.

Virtueller Marktplatz

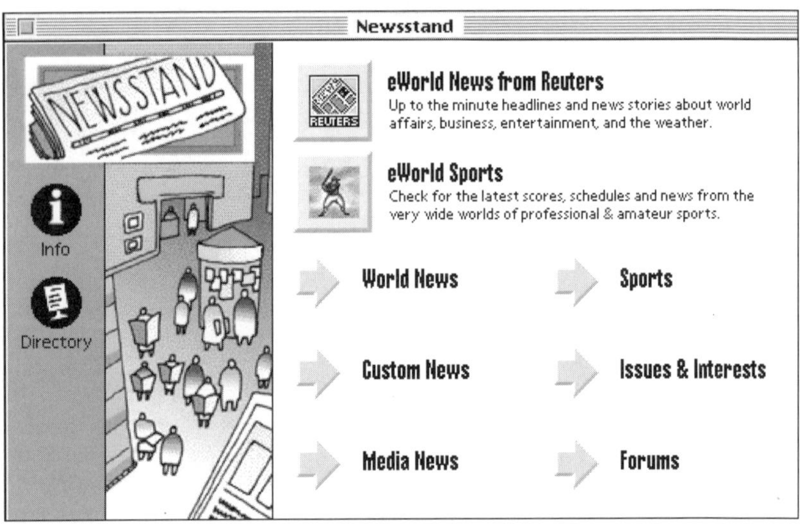

Ambitionen für eine Expansion nach Europa: EWORLD

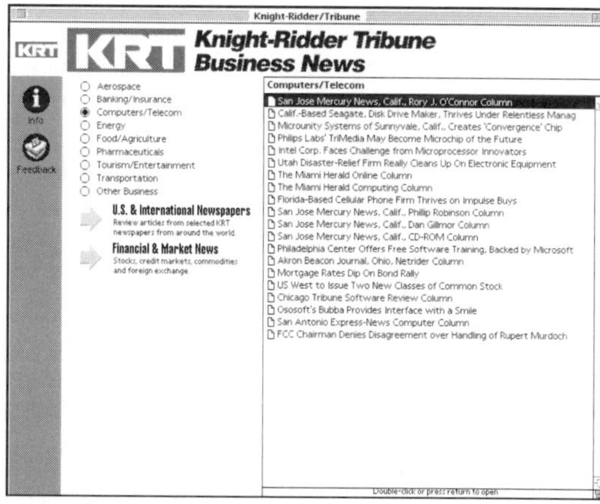

Bei Wirtschaftsnachrichten kooperiert die KNIGHT-RIDDER-Gruppe mit der TRIBUNE INC.

In Deutschland sollte EWORLD Mitte September 1995 seine Pforten öffnen. 70 bis 100 Einwahlknoten sind bis 1996 geplant. Der Dienst von APPLE zielt in erster Linie auf Nutzer von APPLE-Macintosh-Computern, die dort sowohl professionelle Unterstützung finden als auch private Informationsinteressen befriedigen können: Nachrichten, Wetter, Reise, Unterhaltung. In einer zweiten Ausbaustufe soll verstärkt Wert auf Electronic Publishing, Mobilität und Windows-Software gelegt werden. Danach steht der Ausbau des Bildungsbereichs auf dem Programm (für Schulen, zu Hause und unterwegs). Unterhaltungsangebote für Erwachsene und Kinder sollen beim nächsten Schritt folgen. EWORLD soll nicht auf Macintosh-Nutzer beschränkt bleiben: Eine Windows-Version der Software ist für Anfang 1996 angekündigt.

Windows-Version für 1996 angekündigt

Computer-Unternehmen können in EWORLD ihre virtuellen Läden eröffnen. Zeitungshäusern bietet sich im Moment nur die Möglichkeit, Interessenten in ihren Bereich einzuladen. Dort kann die Zeitung Diskussionsgruppen etablieren, Zugang zu aktuellen Nachrichten oder zum Archiv ermöglichen, schwarze Bretter, eine Bibliothek, wahlweise auch einen Konferenzraum mit Live-Diskussionen oder eine Softwarebibliothek einrichten. Die KNIGHT-RIDDER-Gruppe bietet in

Zusammenarbeit mit den TRIBUNE-Zeitungen auf diese Weise ihre Wirtschaftsnachrichten an. Im DOW JONES FORUM findet sich stets das aktuellste aus der Finanzwelt, beispielsweise auch Inhalte des WALL STREET JOURNAL. USA-TODAY, REUTERS und diverse Computerzeitschriften bieten ebenfalls ihre Inhalte an. 1996 will EWORLD Verlegern neue, mit noch weniger Aufwand verbundene Arten des Online-Engagements offerieren.

Text in Sprache umgesetzt

Technisch gehört EWORLD sicherlich zum ausgefeiltesten, was bislang an Online-Technologie auf dem Markt ist. So ist beispielsweise eine Software-Version angekündigt, die Text in gesprochene Sprache übersetzt. Nutzer von Multimedia-Computern erhalten so die Möglichkeit, Live-Diskussionen in den Foren wirklich zu hören, anstatt sie am Bildschirm mitzulesen. Möglich wird dies durch die Funktion „Speak". Mit ihrer Hilfe kann man Konferenzteilnehmern verschiedene Stimmen zuteilen. Das Programm soll auch in der Lage sein, in der Cyberwelt gängige Ausdrücke und Abkürzungen (Acronyme) zu verstehen und zu übersetzen: Wenn der eine Teilnehmer dann LOL in seine Tastatur tippt, wird die ihm zugewiesene Stimme am anderen Ende der Leitung vermutlich lachen: LOL heißt schließlich „laughing out loud".

Mit welchen Nutzerzahlen EWORLD in Deutschland in welchem Zeitraum rechnet, war bis Redaktionsschluß dieses Buches nicht zu erfahren. Der personelle Aufwand, mit dem Dienste bei EWORLD betreut werden müssen, ist nach Auskunft von APPLE nicht allzu groß: Faustregel sei eine halbe Stelle pro Woche. Die meiste Arbeit sei das Setup, also die Einrichtung des Angebotes. Wartung und Moderation könnten anschließend sehr stark automatisiert werden. Der Aufwand für die

Automatisch gewartet und moderiert

eWorld	
Adresse	Apple Computer GmbH, Online-Services, Gutenbergstr. 1, D-85737 Ismaning
Kontakt	Wolfgang Kobek Tel.: 089/99640-0; Fax: 089/99640-180
Abonnenten	90.000 in den USA (Ende Juni 1995), Start in Deutschland für Mitte September 1995 angekündigt
Personalbedarf	je nach Aufwand: eine halbe Stelle bis hin zu 5 Stellen
Zeitungen	• WALL STREET JOURNAL/DOW JONES FINANCIAL NEWS (1995) • KNIGHT-RIDDER TRIBUNE BUSINESS NEWS (1995) • USA-TODAY
Kosten für Anbieter	Verhandlungssache. Zumeist erhalten die Zeitungen eine Beteiligung an dem in ihrem Bereich erzeugten Umsatz. Premiumdienste sollen ab Anfang 1996 möglich werden
Gebühren für Nutzer	US $9,95/Monat inklusive eine Stunde Online, jede weitere Stunde US $9,95 bei Nutzung von SPRINT- oder BRITISH TELEKOM-Einwahlpunkten; bei Zugriff über TCP/IP US $2,95 für zusätzliche Stunden, keine Zusatzkosten für E-Mail und Zugang zum INTERNET

Zeitung hänge in sehr hohem Maße davon ab, was sie tatsächlich online anbieten wolle.

2.1.6 Microsoft Network

Renommierter Newcomer: MICROSOFT

Mit großer Spannung wurde 1995 die Markteinführung eines Newcomers im Online-Geschäft erwartet, dem man die Revolutionierung des ganzen Geschäftsbereiches zutraute. Gemeint war die MICROSOFT GMBH von Bill Gates, die für den 24. August 1995 (USA) bzw. 5. September 1995 (Europa) ihre Software

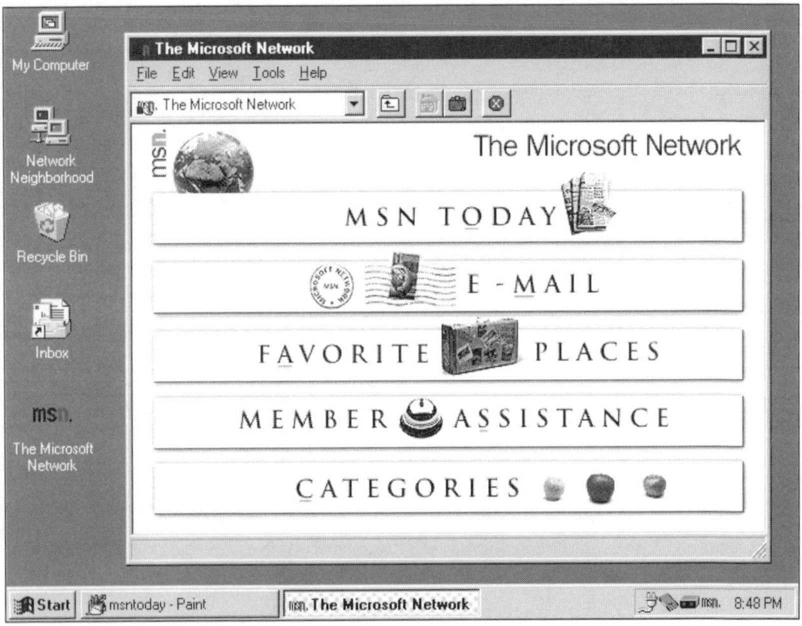

Für Windows 95-Nutzer nur einen Mausklick entfernt: das MICROSOFT NETWORK

Furioser Start vorausgesagt

WINDOWS 95 angekündigt hatte. WINDOWS 95 ermöglicht es jedem Nutzer, sich mit einem Mausklick ins MICROSOFT NETWORK (MSN) einzuwählen. Da es weltweit mehr als 50 Millionen Lizenzen für das alte Windows Betriebssystem gab (Version 3.x), wurde MSN ein furioser Start vorausgesagt. Das Netzwerk soll in 51 Ländern und 20 Sprachen verfügbar sein und Zugriff auf alle Dienste des INTERNET ermöglichen. Abonnenten sollen sich von überall her zu den Kosten eines Ortsgesprächs in das Netzwerk einschalten und Kundendienst vor Ort in Anspruch nehmen können.
Das Erscheinungsbild von MSN fügt sich nahtlos in das Aussehen von WINDOWS 95 ein. Die Software soll letztlich die größtmögliche Freiheit bei der Gestaltung

eigenständiger und individueller Layouts bieten sowie die Einbindung interaktiver Elemente erleichtern. Die für die Gestaltung optisch aufwendiger Dienste benötigte Programmkomponente (MSN-Code-Name: blackbird) war jedoch bis Sommer 1995 nicht fertig. Mitchell Wolfson, bei MSN in Deutschland Ansprechpartner für Content-Provider, kündigte die Auslieferung für November 1995 an. Inwieweit MSN als Publikationsforum für Zeitungen interessant sein wird, bleibt abzuwarten. Bis Redaktionsschluß des Buches lagen keine Erfahrungen vor. Außer USA-TODAY hatte nur eine weitere US-Zeitung, die SEATTLE TIMES, ein Engagement angekündigt.

Deutsches Engagement

Unter den ersten 70 europäischen Anbietern, deren Engagement MICROSOFT am 13. Juni 1995 in Cannes auf der 6. Jahreskonferenz der SOFTWARE PUBLISHERS ASSOCIATION EUROPE bekanntgab, war auch nur eine Tageszeitung: LA TRIBUNE DESFOSSES – ein französisches Wirtschaftsblatt, das Börsen- und Finanzinformationen bringen will. Auf deutscher Seite gaben unter anderem der WEKA-VERLAG (Wirtschaftsinformationen), das BIBLIOGRAPHISCHE INSTITUT F.A. BROCKHAUS AG (Nachschlagewerke), der GRÄFE UND UNZER VERLAG sowie die COMPUTERZEITUNG Pläne für ein Angebot bei MSN bekannt.[19] Bei der geschäftlichen Kooperation mit den Inhaltsanbietern will MSN alle denkbaren Abrechnungsvarianten unterstützen (Anzeigen, Sponsoring, Transaktionsgebühren, Zeittakt, Abonnement ...). Potentielle Anbieter müssen ihre Ideen einreichen. Wenn MSN Inhalt und Modell für erfolgversprechend hält, kann die Entwicklungsarbeit beginnen.

Vielfältige Abrechnungsmodelle

Nach den vorgestellten Entwürfen zu urteilen, scheint sich MSN inhaltlich kaum von anderen Online-Diensten zu unterscheiden. Es gibt eine Reihe von Interessengebieten („Sport, Gesundheit und Fitness", „Com-

Lokale und weltweite Gemeinschaften

puter und Software", „Erziehung und Wissen", „Lifestyle, Hobby und Freizeit", „Heim und Familie", „Wissenschaft und Technologie", „Wirtschaft und Finanzen" etc.), zu denen Informationen, Diskussionen und Interaktionsmöglichkeiten angeboten werden. Ziel von MSN ist es, „Gemeinschaften zu schaffen", die lokal oder weltweit aufgrund einzelner Personen, Produkte, Diskussionen, Ereignisse oder Ideen entstehen. Nutzer können innerhalb von MSN graphisch gestaltete E-Mail verschicken und die Dienste eines Software-Agenten in Anspruch nehmen, der anhand eines Kri-

Microsoft Network (MSN)

Adresse	Microsoft GmbH Edisonstr. 1, D-85716 Unterschleißheim
Kontakt	Mitchell Wolfson Tel.: 089/3176-5551; Fax: 089/3176-1000
Abonnenten	Start weltweit Ende August 1995. Begrenzung auf 500.000 Abonnenten im ersten Jahr
Personalbedarf	keine Angaben
Zeitungen	• USA Today • La Tribune Desfosses (Wirtschaft und Finanzen) • Seattle Times (Erscheinungstermin noch unklar) • Computerzeitung (erscheint wöchentlich)
Kosten für Anbieter	Anbieter sind frei in der Gestaltung ihrer Einnahmen (Anzeigen, Sponsoring, Transaktionsgebühren, Zeittakt, Abonnement...). Microsoft beansprucht eine Beteiligung
Gebühren für Nutzer	Standard-Modell: US $4,95 pro Monat für drei Stunden, zusätzliche Stunden US $2,50. Ein Jahresabonnement kostet $49,95 für drei Stunden Onlinezeit pro Monat (zusätzliche Stunden US $2,50); alternativ können US $19,95 pro Monat für 20 Stunden bezahlt werden, zusätzliche Stunden kosten dann US $2

terienkatalogs täglich die 20 interessantesten Nachrichten sucht, zusammenstellt und als formatiertes Dokument im Postfach ablegt.

2.1.7 Prodigy

Beliebt bei US-Zeitungshäusern: PRODIGY

Statistisch betrachtet setzen die meisten US-Zeitungen auf PRODIGY als Plattform für ihre Online-Dienste, wenn sie sich zur Zusammenarbeit mit kommerziellen Online-Anbietern entscheiden. Im Juni 1995 gab es sechs Zeitungen im PRODIGY-Netz. Weitere 14 hatten eine Zusammenarbeit angekündigt.

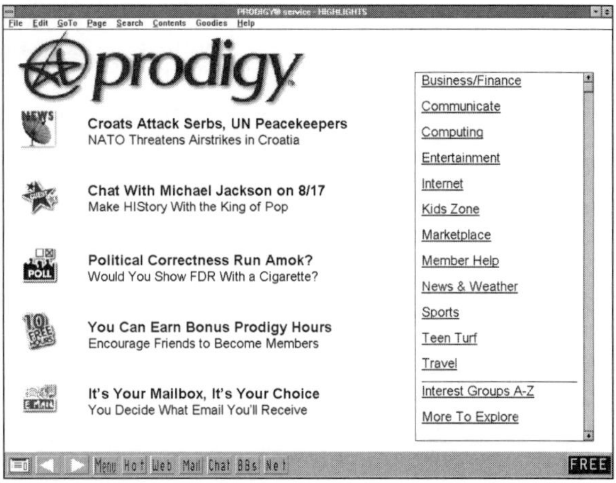

Kommt Online-Anbietern sehr entgegen: PRODIGY

Ein Grund für die Beliebtheit bei US-Zeitungshäusern dürfte das starke Entgegenkommen dieses Online-Anbieters gegenüber den speziellen Bedürfnissen und Wünschen von Zeitungshäusern sein. So erlaubt PRODIGY ein eigenes Branding innerhalb des Netzwerks, bietet also die Möglichkeit, Nutzern das Online-Produkt als Markenartikel des Verlages zu präsentieren und als solches zu verkaufen.

Stand-Alone-Angebote möglich

Stand-Alone-Angebote sind möglich, bei denen ein Abonnent nur den Service der Zeitung abonnieren kann, ohne den Basisdienst des Netzwerks mitzukaufen (vgl. ACCESS ATLANTA, TIMESLINK). Geschäftliche Anzeigen im eigenen Online-Bereich sind erlaubt und erwünscht. Den gesamten Service und die Betreuung der Kunden kann die Zeitung bei Bedarf selbst übernehmen: Abonnentenwerbung bis hin zum Versand der Rechnungen sind unter kompletter Regie der Zeitung möglich.

Ein moderneres Erscheinungsbild anbieten

Das anfangs etwas plumpe optische Erscheinungsbild des Dienstes, das die Gestaltungsmöglichkeiten für die Zeitungen stark einengte, wurde im Sommer 1995 modernisiert, konnte bei Redaktionsschluß des Buches aber noch nicht mit anderen Online-Diensten gleichziehen. Für den Zugang zum Basisdienst (aktuelle Nachrichten, Wirtschaftsinformationen, Nachschlagewerke, Computertips, Spiele, Reise, Wettervorhersage) verlangt das Unternehmen einen Grundpreis von US $9,95 im Monat. Darin sind die unbegrenzte Nutzung der Basisdienste und fünf Stunden Teilnahme an Diskussionsforen enthalten. Jede weitere Stunde kostet US $2,95. Es gibt alternative Abrechnungsmodelle, beispielsweise 30 Stunden Online-Zeit für US $29,95. Sämtliche in PRODIGY vorhandenen Zeitungsangebote sind Premiumdienste, die zusätzlich zum Basisdienst abonniert werden können (US $4,95 im Monat). Wer einen Zeitungsdienst ohne Basisdienst nutzen möchte, zahlt US $6,95 im Monat. 1995 war PRODIGY nur in den USA zugänglich, langfristig ist ein Engagement auch in Europa vorgesehen.

Langfristig nach Europa expandieren

ACCESS ATLANTA: Seit März 1994 im PRODIGY-Netz

Als erster Zeitungsdienst im PRODIGY-Netzwerk startete im März 1994 ACCESS ATLANTA des ATLANTA JOURNAL & CONSTITUTION. Atlanta (394.000 Einwohner) ist die Hauptstadt von Georgia und Sitz des Verwaltungsbezirkes Fulton County. The ATLANTA CONSTITUTION, gegründet 1868, ist eine von Montag bis Freitag erscheinende Morgenzeitung (Auflage: 315.500 Exem-

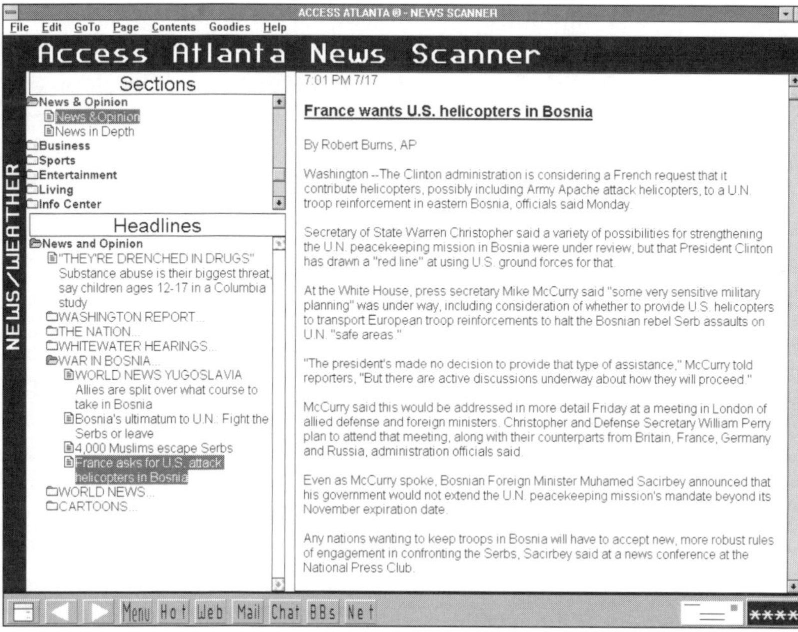

Ab 40.000 Abonnenten rentabel: ACCESS ATLANTA

plare), THE ATLANTA JOURNAL, gegründet 1883, erscheint abends (Auflage: 166.800 Exemplare). Seit 1950 gibt es samstags und sonntags eine gemeinsame Morgenausgabe: THE ATLANTA JOURNAL-CONSTITUTION (Auflage: samstags 526.100, sonntags 708.900). Beide Zeitungen gehören zu COX ENTERPRISES INC., einem rasch wachsenden und profitablen Medienunternehmen der USA.[20]

ACCESS ATLANTA hatte Ende Juni 1995 rund 20.000 Abonnenten, von denen rund die Hälfte auch die Printausgabe der Zeitung abonniert hatte. 25 Prozent der Abonnenten nutzen ausschließlich das Angebot von ACCESS ATLANTA, nicht das ganze PRODIGY-Netz. Ab 40.000 Abonnenten soll sich der Dienst rechnen.

Abonnenten: 25- bis 35-jährige mit hohem Einkommen

Hauptnutzer sind bislang 25- bis 35jährige Männer mit überdurchschnittlichem Einkommen.

Peter Winter, Vice President for Market Development bei Cox, bringt das Konzept auf einen einfachen Nenner: „Lokales, Lokales, Lokales." Der Online-Dienst sei kein Spiegelbild der gedruckten Zeitung, sondern ein ganz spezifisches, auf die Bedürfnisse der Menschen in Atlanta zugeschnittenes lokales Informationszentrum. 26 Vollzeitkräfte kümmern sich um den reibungslosen Ablauf, 18 davon sind Redakteure. Der redaktionelle Inhalt der Zeitungen, der schon am Vorabend abrufbar ist und tagsüber stündlich aktualisiert wird, ist dabei nur einer von sieben Bereichen, zu denen ACCESS ATLANTA vertiefte Informationen anbietet. Weitere Schwerpunkte sind Sport, Unterhaltung, Politik, Kinder, Menschen und Kleinanzeigen.[21]

Akzent auf lokaler Berichterstattung

Aktualisierung jede Stunde

ACCESS ATLANTA war für COX nie als Test für die Marktchancen von Online-Diensten gedacht, sondern soll als eigener Geschäftszweig über kurz oder lang Gewinne abwerfen. Schon 1994 erzielte der Dienst einen Umsatz von einer Million Dollar. Für 1996 wird „nach sehr konservativer Schätzung" das sechsfache erwartet. Am Ende des Jahrzehnts soll ACCESS ATLANTA einen gleichgroßen Abonnentenstamm haben wie die gedruckte Zeitung.

Eine Million Dollar Umsatz in 1994

Winter warnte davor, ausschließlich schnelle Vermarktungsmöglichkeiten für den Inhalt der Zeitung zu suchen: „Atlantas Kunden interessieren sich nicht für die elektronische Zeitung – Online ist ein völlig anderes Geschäft." Die Kunden wünschten tiefgehende Informationen in ausgewählten Themenbereichen. Ein elektronischer Dienst müsse schnell und immer aktuell sein. Online sei auch ein sehr persönliches Medium. Seine Nutzer wollten teilnehmen, kommunizieren. Die Herausforderung bestehe darin, Inhalt und Kommunikation sinnvoll zu verknüpfen. Dies gelte durchaus auch für das Anzeigengeschäft. Direktmarketing sei die von Geschäftskunden bevorzugte Form. Das elektronische Medium erlaube es, Abonnenten speziell auf ihre Interessen abgestimmte Angebote zu präsentieren.

Objektiv betrachtet hat ACCESS ATLANTA tatsächlich mit einer elektronischen Zeitung nur wenig gemein. Es gibt zwar keine Multi-Media-Anwendungen innerhalb des Dienstes – Video- und/oder Sprachausgabe auf Knopfdruck wären technisch möglich, aber die in der Bevölkerung verbreiteten Modems und die Qualität der Telefonleitungen lassen eine Übertragung von so großen Datenmengen in befriedigender Geschwindigkeit nicht zu – doch unterscheidet sich der Inhalt von dem einer gedruckten Zeitung. Abonnenten können die aktuelle Ausgabe um 22 Uhr vor dem Erscheinen der Printversion lesen. Tagsüber werden die Artikel ständig aktualisiert. Die elektronische Ausgabe enthält Agenturartikel und anderes Hintergrundmaterial, das sich in der Printausgabe nicht findet. Farbfotos und Graphiken sind teilweise abrufbar; einige Textstellen ermöglichen per Mausklick das Weiterblättern zu thematisch verwandten Artikeln. Im Sommer 1995 wurde ein kostenloser Zugriff auf das elektronische Archiv getestet, ebenso eine übersichtlichere Darstellung der aktuellen Ausgabe.

Kostenloser Zugriff aufs Archiv

Mindestens so wichtig wie der Informationsteil sind die kommunikativen, serviceorientierten und unterhaltenden Elemente. Per Mausklick können Nutzer beispielsweise mit anderen Nutzern über veröffentlichte Artikel diskutieren, Leserbriefe schreiben, Themen vorschlagen oder persönliche Post austauschen. Abonnenten können sich an Umfragen beteiligen. Es gibt sogar einen interaktiven Roman, den die Nutzer

Interaktiver Roman als Sonderangebot

gemeinsam schreiben. Im Unterhaltungsteil finden sich ein Veranstaltungskalender für die nächsten Monate, Restaurantkritiken, Buchempfehlungen, Verbraucherinformationen. Im INFOCENTER kann man sich über die Öffnungszeiten und Sonderangebote der einzelnen Läden in den Einkaufszentren informieren, die Privatadresse seines Abgeordneten nachschlagen, die Vor- und Nachteile der öffentlichen Schulen in der Stadt gegeneinander abwägen, in den Katalogen der Stadtbücherei blättern oder den U-Bahn-Fahrplan studieren. ACCESS ATLANTA erhebt den Anspruch, „news you can use“ zu produzieren, alltagsrelevante Informationen, die konkret zur Orientierung beitragen können.

Service mit hohem Nutzwert

ACCESS ATLANTA gehört zweifellos zu den „Cadillacs“ auf dem Markt der neuen Medien in den USA. Verleger David Scott hat 28 Mitarbeiter. COX investierte in das Unternehmen Beträge in sechsstelliger Höhe. Nach Ansicht von Marktforschern könnte der Dienst im Einzugsgebiet von Atlanta bis zu 100.000 Abonnenten erreichen.

Für die Zeitung war der Einstieg bei PRODIGY kein echter Sprung ins kalte Wasser. Bei der ATLANTA JOURNAL-CONSTITUTION gab es seit 1989 einen rein textorientierten lokalen Online-Dienst, der 1994 zugunsten von ACCESS ATLANTA aufgegeben wurde. Das Zeitungshaus entschied sich für eine Zusammenarbeit mit PRODIGY, weil dieser Anbieter nach Auffassung von David Scott in den letzten Jahren ein robustes, leistungsfähiges Verteilersystem aufgebaut hat, der Möglichkeit von Online-Anzeigen positiv gegenübersteht und die besten Konditionen anbot. Den Zeitpunkt für den Einstieg hält Scott nach wie vor für gut gewählt: „Inzwischen sind genug Computer mit Modems ausgestattet. Und vor allem ist das Interesse der Öffentlichkeit an derartigen Diensten vorhanden.“

Vorläufiger Dienst eingestellt

Die zur TIMES MIRROR-Gruppe gehörende LOS ANGELES TIMES, mit einer werktäglichen Auflage von mehr als 1,1 Millionen Exemplaren eine der größten Tageszeitungen der USA, war die zweite Zeitung mit einer ausführlichen Präsenz im PRODIGY-Netzwerk. Bereits acht Monate nach seiner Einführung im Oktober 1994 zählte der Dienst TIMESLINK 20.000 zahlende Abonnenten. Ein Fachblatt kürte den neuen Dienst zur „Online-Publikation des Jahres 1994".[22] Im Prinzip enthält TIMESLINK die gleichen Elemente wie ACCESS ATLANTA, abgestimmt auf die speziellen Bedürfnisse der Region Los Angeles. So wird der Freizeit breiter Raum eingeräumt: Es gibt Radwanderkarten, Tourentips, Reiseangebote. Die Lokalberichterstattung ist stark betont.

Los Angeles: Auszeichnung für TIMESLINK

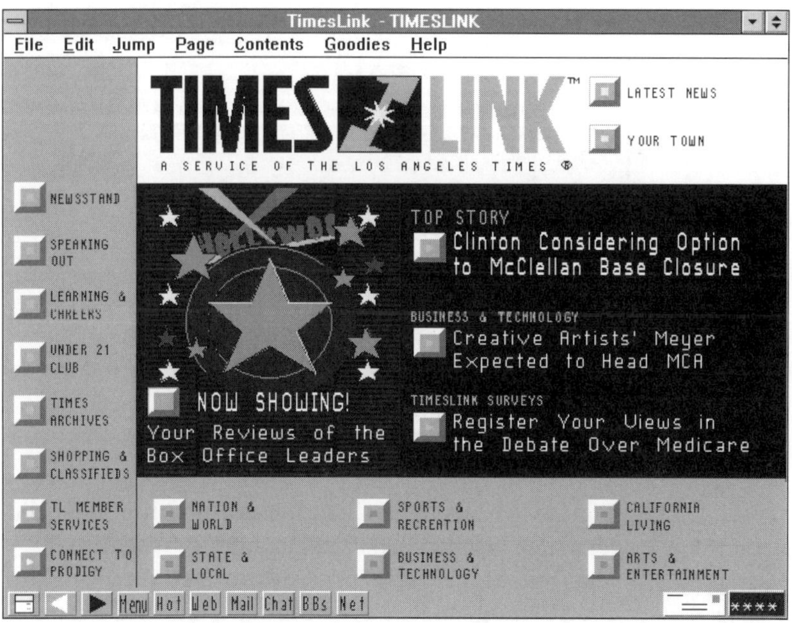

Eins von mehreren Multimedia-Produkten der LOS ANGELES TIMES: TIMES LINK

Prodigy Services Company	
Adresse	445 Hamilton Avenue White Plains, NY 10601
Kontakt	Michael H. Pepper (E-Mail: HFDG93A@Prodigy.com) Tel.: 001/914448-8328; Fax: 001/914448-8622
Gegründet	1984 von IBM und Sears
Abonnenten	1,6 Millionen Haushalte (Ende Juni 1995), entspricht über 2,3 Millionen Einzelpersonen
Personalbedarf	je nach Aufwand: 2 bis 35 Redakteure
Zeitungen	• Atlanta Journal & Constitution (Access Atlanta, März 1994) • Tampa Tribune (Tampa Bay Online, Juni 1994) • Los Angeles Times (TimesLink, Oktober 1994) • Newsday (Newsday Direct, Oktober 1994) • Dallas Morning News (Pro Football Report, Oktober 1994) • The Providence Journal Bulletin (Rhode Island Horizons, Mai 1995) weitere 14 angekündigte Kooperationen
Einkünfte	aushandelbare Beteiligung am Umsatz
Kosten für Nutzer	US $9,95 im Monat inklusive fünf Stunden Online, zusätzliche Stunden US $2,95; Premiumdienste extra (Zeitungen: US $4,95 im Monat). Alternative Abrechnungsformen möglich, z. B. 30 Stunden online für US $29,95; Online-Zeitungsdienste ohne Prodigy Basisdienst US $6,95 im Monat inklusive fünf Stunden Online

Spezialausgaben für die Stadtteile

Für die verschiedenen Stadtteile gibt es über 50 auf die jeweilige Nachbarschaft abgestimmte Ausgaben. Chefredakteur Terry Schwadron legt Wert auf die Feststellung, daß 50 Prozent der angebotenen Informationen nicht aus der Zeitung kommen. Sehr wichtig sei die Interaktion mit den Abonnenten. So gibt es beispielsweise bei TIMESLINK regelmäßig Diskussionsforen, bei denen Leser direkt mit Reportern ins Gespräch kommen können.

Gespräch zwischen Lesern und Reportern

Obwohl in PRODIGY Werbung möglich ist, arbeitet die LOS ANGELES TIMES zusätzlich in Zusammenarbeit mit PACIFIC TELESIS an einem reinen elektronischen Kaufhaus. Dieses seit Herbst 1994 in Vorbereitung befindliche Joint Venture wird es Geschäftsleuten ermöglichen, Kunden in Kalifornien auf neuen und zielgenaueren Wegen zu erreichen. Kaufinformationen und Bestellmöglichkeiten werden ein wichtiger Bestandteil sein. Daneben soll dieses über Telefon und/oder Online zugängliche Produkt die Funktion eines Verbrauchermagazins übernehmen, in dem Einkaufstips gelesen und Produkttests nachgeschlagen werden können. Vorgesehen ist ein Kleinanzeigenteil sowie Suchfunktionen, um schnell bestimmte Produkte oder Produktgruppen zu finden.

Elektronisches Kaufhaus im Bau

Wenn es nach dem Willen der Verantwortlichen geht, werden sich Multimedia-Produkte zu einer der Stärken der LOS ANGELES TIMES entwickeln. Ein von Judith Angius geleitetes Medienlaboratorium entwickelt neue Produkte. Von einigen existieren Prototypen, andere erreichten die Serienreife.

Die LOS ANGELES TIMES unterhält drei Kategorien von Audiotex-Diensten (Kontaktanzeigen, allgemeine Informationen, Gebrauchtwagen) sowie Fax-on-Demand für Finanz- und Immobilieninformationen. Artikel aus dem Archiv können ebenfalls abgerufen werden. Das bereits in Datenbanken gesicherte elektronische Archiv soll verstärkt online zum Einsatz kommen, angereichert mit den Beständen der Foto- und Graphikarchive. Die LOS ANGELES TIMES produziert eigene CD-Roms mit Text, Bildern, Graphiken und Videos. Das erste

Geschäftserfolge mit CDI und Video

derartige Produkt war eine interaktive CD (CDI) zum Thema Superbowl. Auch Videofilme vermarktet die LOS ANGELES TIMES inzwischen erfolgreich. Den Anfang machte ein Streifen über die Rassenunruhen von 1992, die ausgebrochen waren, nachdem ein Gericht vier weiße Polizisten freigesprochen hatte, obwohl ein Amateurfilm zeigte, daß sie bei der Festnahme auf den Schwarzen Rodney King eingeprügelt hatten. Eine Dokumentation über den Einsatz der Feuerwehr bei den verheerenden Bränden, die 1993 weite Teile der Stadt vernichteten, konnte die Zeitung sogar ans Fernsehen verkaufen.

2.2 Lokale Online-Dienste

Ein einfacher und unaufwendiger Weg für Zeitungen, erste Erfahrungen im Online-Bereich zu sammeln, ist die Einrichtung einer Mailbox, die die Nutzer unter einer öffentlichen Telefonnummer erreichen können. Der Begriff Mailbox steht dabei weniger für einen elektronischen Briefkasten, wie der etwas irreführende Name nahelegt, sondern allgemein für ein über Computer, Telefon und entsprechende Kommunikationssoftware zugängliches Computersystem (BBS = Bulletin Board System), das Dienste wie E-Mail, Dateiarchive, Diskussionsforen, Live-Konferenzen und vieles mehr anbieten kann. Ein BBS kann für sich stehen oder mit anderen Systemen vernetzt sein, also zum Beispiel den Austausch von Informationen und E-Mail mit anderen Bulletin Board Systemen oder auch dem INTERNET ermöglichen.

Mailboxen: bei Jugendlichen beliebt

Mailboxen sind in Deutschland seit langem bekannt und in der Computerszene eingeführt. Vor allem im Hobbybereich und von Jugendlichen werden sie stark genutzt. Im Juli 1995 stellten allein im deutschen Vorwahlbereich „05xxx" mehr als 700 Telefonnummern Verbindungen zu derartigen Computersystemen her. In den neuen Bundesländern existierten zum gleichen Zeitpunkt etwa 230 Mailboxen.

Für kleine Zeitungen die Alternative

In den USA gab es im Juni 1995 rund 35 Zeitungen, die ihre Dienste über ein lokales BBS anboten, darunter viele mit einer Auflage unter 50.000 Exemplaren.[23] Als Pionier auf diesem Gebiet kann das FORT WORTH STAR TELEGRAM (Auflage rund 250.000 Exemplare) gelten, das bereits 1982 STARTEXT startete. Für Zeitungen in Deutschland sind BBS vergleichsweise neu. Bei Redaktionsschluß des Buches boten drei Zeitungen BBS-Systeme an: Die SÜDDEUTSCHE ZEITUNG aus München experimentierte seit Januar 1995 mit JETZT ONLINE, einem Zusatzforum zu ihrem Jugendmagazin jetzt; die NORDWEST ZEITUNG aus Oldenburg offerierte in Anbindung an ihr Jugendsupplement INSIDE eine gleichnamige Box; die AUGSBURGER ALLGEMEINE öffnete Ende Juni 1995 AUGSBURG NEWSLINE.

München: JETZT ONLINE für junge Leser

JETZT ONLINE ist das elektronische Pendant zur montäglichen Jugendbeilage der SÜDDEUTSCHEN ZEITUNG. Das am 17. Mai 1993 lancierte und ursprünglich nur in Bayern beigelegte Supplement wurde innerhalb der Zielgruppe (Jugendliche im Alter zwischen 14 und 25 Jahren) schnell so beliebt, daß es seit dem 28. Februar 1994 bundesweit vertrieben wird. Für 1996 sind Lizenzausgaben vorgesehen. Am redaktionellen Konzept hat sich seit seiner Einführung wenig geändert. Die Redaktion (Durchschnittsalter 25 Jahre) versucht, junge Menschen durch eine jugendspezifische Ansprache an die SZ heranzuführen. JETZT beweist Kompetenz bei Fragen der Jugendkultur, greift politische und soziale Themen auf und setzt sie mit großzügiger Optik und einer eigenen Bildsprache um. Der Fokus liegt auf Menschen, Dingen und Gefühlen. Die Rubrizierung der Beiträge

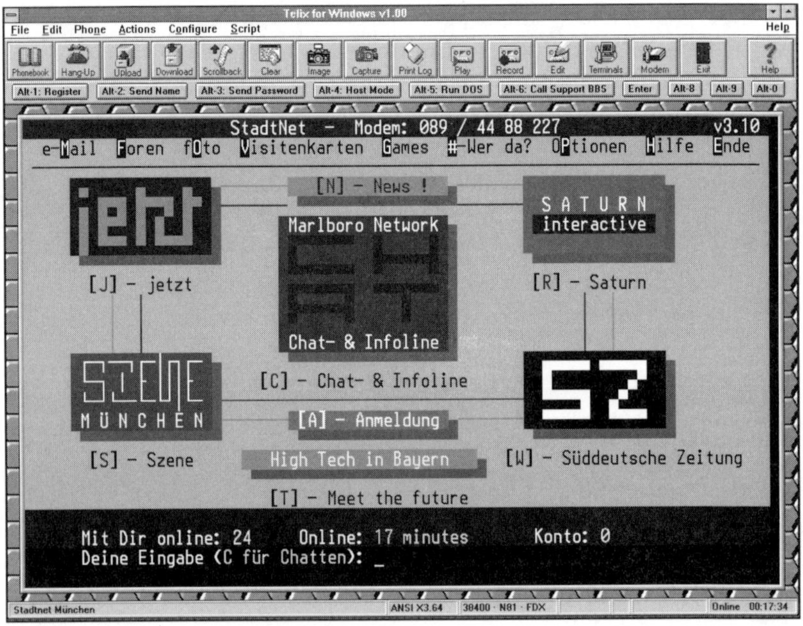

Über die Münchner Chat-Mailbox StadtNet zugänglich: jetzt online der Süddeutschen Zeitung

erfolgt nicht thematisch, sondern über standardisierte Zugänge. Bei der Sprache verzichtet man auf Jugendjargon. Seit Januar 1995 können sich Interessenten kostenlos in die Münchner Chat-Mailbox StadtNet einwählen und dort jetzt online als Zusatzangebot nutzen. Die Telefonleitungen ermöglichen es 65 Nutzern (oder Usern, wie die korrekte Genre-Bezeichnung lautet) gleichzeitig, die Angebote der Mailbox zu nutzen und sich miteinander zu unterhalten. Die Redaktion steuert einen täglich aktualisierten Newsflash bei, eine Heftvorschau, die beliebte Lebenswert-Liste und Möglichkeiten der Interaktion.

Interaktion wichtiger als Information

Die Kommunikation ist dabei nach Einschätzung von Jörn Möller, dem zuständigen Redakteur für interaktive Medien, fast noch wichtiger als die Information. Die Redaktion erhält fünfmal häufiger Leserbriefe online als in gedruckter Form – wenn auch von wechselnder Qualität. Die Leser nutzen das Forum intensiv zur Diskussion mit der Redaktion über Inhalte. 1.500 bis 3.500 junge Menschen greifen regelmäßig auf das kostenlose Angebot zu. Marktforscher gehen davon aus, daß rund 100.000 Jugendliche in München theoretisch die JETZT-Mailbox nutzen können.

Oldenburg: Mailbox INSIDE an wöchentliche Computerseite angebunden

Ebenfalls auf junge Leute zielt die Mailbox der NORDWEST ZEITUNG aus Oldenburg. Am 26. April 1995 kam die erste Ausgabe von INSIDE heraus, dem wöchentlich jeweils mittwochs erscheinenden Jugendmagazin. In Anbindung an die im Supplement veröffentlichte Computerseite wurde eine Mailbox eingerichtet, wenn auch in viel kleinerem Maßstab als in München. Die Mailbox ist mit jedem Datenfernübertragungsprogramm zu erreichen. Drei Leitungen standen im Sommer 1995 zur Verfügung, rund 600 Nutzer hatten sich angemeldet. Die Pläne für eine Erweiterung auf zehn Leitungen lagen schon in der Schublade. Die jungen Oldenburger nutzen die Mailbox hauptsächlich zum chatten, der unmittelbaren Kommunikation untereinander. Angebote der Redaktion, wie zum Beispiel eine Meckerecke, eine Redaktionssprechstunde, Pro- und Contra-Diskussionen sowie In und Out-Listen stießen bislang auf wenig Resonanz. Die Box scheint eine sehr junge Zielgruppe zu erreichen, die an der Diskussion ernsthafter Themen und am Austausch mit der Redaktion nur bedingt interessiert ist.

AUGSBURG NEWSLINE: In wenigen Wochen 1.700 Anmeldungen

Das jüngste Mailbox-Experiment einer deutschen Regionalzeitung ist AUGSBURG NEWSLINE der AUGSBURGER ALLGEMEINEN. Am 26. Juni 1995 wurden sechs Leitungen freigeschaltet, zwei weitere Leitungen stehen exklusiv der Redaktion zur Verfügung. 1.700 Personen meldeten sich bis Mitte August als User an, nachdem sie zuvor die für den Zugang zur Mailbox speziell notwendige Software auf ihre Rechner geladen hatten. 300 bis 500 von ihnen wählten sich im Sommer 1995 täglich ein. Jeder darf höchstens eine Stunde bleiben. Im Gegensatz zu den anderen Boxen präsentiert sich AUGSBURG NEWSLINE mit einer graphischen Benutzeroberfläche, die per Klick mit der Computermaus bedient werden kann. Dies erleichtert vor allem Mailbox-Neulingen den Einstieg.

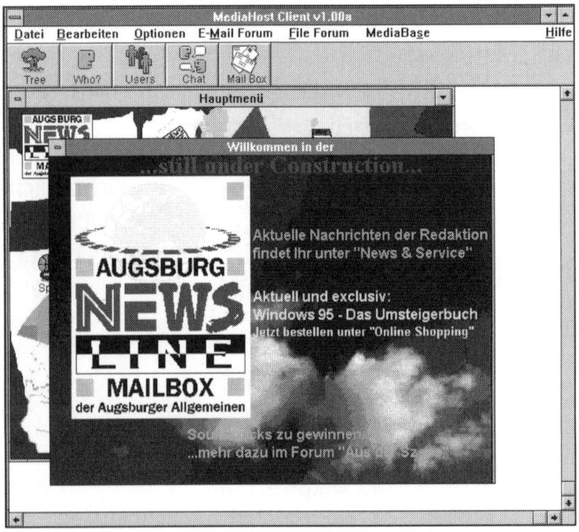

Das jüngste Mailbox-Experiment einer deutschen Regionalzeitung: AUGSBURG NEWSLINE

Stefan Hilscher, Chef vom Dienst bei der AUGSBURGER ALLGEMEINEN, ist mit dem Start des kostenlosen Dienstes zufrieden. Die beliebtesten Bereiche seien nach einer ersten Auswertung das Fileforum, wo Software geladen kann, und die Diskussionsforen. Auch der von Anfang an miteingeplante kommerzielle Teil entwickele sich positiv: In den ersten vier Wochen seien 70 Computerbücher bestellt worden.

Zielgruppe entscheidet über Technik

Welche Dienste US-Zeitungen über ihre Mailboxen anbieten, hängt in hohem Maße von der anvisierten Zielgruppe ab. Ein BBS mit Software, Spielen und der Möglichkeit zu Live-Diskussionen (Chat) zielt auf ein anderes Publikum als ein Special-Interest-Dienst, der

via Mailbox die Bestände einer Immobiliendatenbank oder eines Anwaltsregisters zugänglich macht. Aktuelle Börsendaten sind für andere Zielgruppen interessanter als Gewinnspiele.
Mit der Entscheidung über die Zielgruppe fällt zumeist auch eine Grundsatzentscheidung über die Technik. Wenn möglichst viele Menschen die Box anwählen sollen, ist eine textorientierte Lösung mit minimaler Graphik sinnvoll. Dann können die meisten Datenfernübertragungsprogramme die Sprache der Mailbox verstehen, ohne daß der User aufwendig neue Software installieren muß. Zudem laufen textorientierte Programme auch auf älteren Computern mit geringer Rechenleistung – eine nicht unwichtige Überlegung, wenn man Jugendliche ansprechen oder mit Schulen zusammenarbeiten will. Mittlerweile gibt es auch BBS-Programme (z.B. FirstClass, MediaClient), die mit der Maus bedient werden können und deshalb für ungeübte Nutzer leichter zu handhaben sind. Sie ermöglichen dem Anbieter eine wirklich ansprechende und individuelle Gestaltung der Inhalte. Das macht das Angebot einerseits „spektakulärer" und bringt andererseits einen hohen Wiedererkennungswert mit sich.

Textorientierte Programme für ältere Computer geeignet

Sollen hochwertige Multimedia-Informationen übermittelt werden oder Daten, die eine graphische Präsentation verlangen, ist die Entscheidung für eine anspruchsvolle Software richtig, auch wenn dann nur Besitzer von neueren, leistungsstärkeren Computern die Mailbox nutzen können. Zu achten ist bei der Wahl der Software auf ihre Ausbaufähigkeit: Wieviel Telefonleitungen können maximal geschaltet werden? Mit welchem Aufwand kann später eine Anbindung an das INTERNET oder ein Datenaustausch mit anderen Netzen realisiert werden? Mit welchen von anderen

Für aufwendige Präsentationen anspruchsvolle Software notwendig

Mailboxen verwendeten Programmen ist die gewählte Software kompatibel?

Drei verschiedene Angebotstypen

Wenn man die Angebote von US-Zeitungen im BBS-Bereich systematisch betrachtet, kann man drei Grundtypen unterscheiden: Angebote, die sich eng an die gedruckte Zeitung anlehnen und stark auf das Printprodukt fixiert sind (Modell „Zeitung pur"); Special-Interest-Angebote, die auf eng begrenzte Zielgruppen zielen (Modell „Special Interest") und schließlich Angebote, die sich nach dem Willen der Verantwortlichen zu einem lokalen Fenster zur Welt auswachsen sollen und häufig Übergänge zu anderen Computernetzen einschließlich dem INTERNET bieten (Modell „Lokales Informationszentrum"). Die Übergänge sind fließend.

2.2.1 Modell „Zeitung pur"

Zeitung allein kein Anreiz zur Nutzung

Bei fast allen BBS in den USA läßt sich feststellen, daß allein die Möglichkeit, die Inhalte der Zeitung online zu lesen, als Anreiz für die Nutzung einer Box nicht ausreicht. Neben ausgewählten Informationsangeboten gehört Kommunikation zum Grundbestandteil der meisten Zeitungsmailboxen in den USA. Leser können den Redakteuren elektronische Briefe schreiben und sich an Diskussionsforen beteiligen, die entweder die Redakteure oder die Leser anzetteln. Wichtig sind Veranstaltungskalender und alle Informationen mit Orientierungsfunktion. Beliebt bei den Nutzern sind auch (täglich aktualisierte) Kleinanzeigen, die mit Hilfe einer Suchfunktion am Bildschirm rasch durchgesehen werden können.

Praktische Suchfunktion für Kleinanzeigen

Es sind vor allem die älteren, vor 1994 eingerichteten Zeitungsmailboxen in den USA, die mit diesem einfachen Konzept Abonnenten gewinnen konnten. Der bereits erwähnte StarText des Fort Worth Star Telegram ist allerdings der einzige Dienst, der für den reinen Text der Zeitung, Kleinanzeigen und private E-Mail einen monatlichen Abonnementpreis von US $9,95 verlangt und offensichtlich auch bezahlt bekommt. Obwohl es keine Echtzeitkonferenzen (Chat) gibt und jeder elektronische Diskussionsbeitrag vor der Übermittlung an eines der schwarzen Bretter im BBS von einem Redakteur gegengelesen wird, hatte der Dienst nach Angaben der Zeitung im Sommer 1995 rund 4.600 Abonnenten. Der Verlag beschäftigt für den Online-Dienst mittlerweile sechs Vollzeit- und drei Teilzeitkräfte. Geschäftliche Anzeigen gab es in StarText nicht, bis 1995 ein elektronischer Restaurantführer eingeführt wurde: Gegen eine einmalige Gebühr von US $75 und monatlich US $50 können örtliche Restaurants ihre Speisekarten online veröffentlichen – 26 Restaurantbetriebe machten bis Sommer 1995 von dieser Möglichkeit Gebrauch.

Fort Worth: StarText 4.600 Abonnenten

Die allermeisten Zeitungsmailboxen, die sich nur als elektronisches Supplement des Printprodukts bzw. in erster Linie als Diskussionsforum verstehen, bieten ihre Dienste für die Nutzer kostenlos an – entweder über eine eigene Mailbox oder als Untermieter eines BBS am Ort. Die Abonnenten der Zeitung, bei anderen Modellen alle Leser, können das BBS pro Tag mindestens 30 Minuten unentgeltlich nutzen, wenn sie sich als Nutzer registrieren lassen. Die Albuquerque Tribune in New Mexico erlaubt den Zugriff auf ihre Box mittels eines in der Zeitung abgedruckten Passwortes. Für längere Nutzungszeiten werden teilweise Gebühren fällig. Im Gegenzug können die Zeitungsdienste auf eine relativ gute Akzeptanz verweisen: Eingeführte Boxen haben bis zu 7.000 Abonnenten.

Bis zu 7.000 Abonnenten

2.2.2 Modell „Special Interest"

Neben der Kommunikation kommt der Servicefunktion von per Computer abrufbarer Information große Bedeutung zu. Einige US-Zeitungen stellen bei ihren BBS diesen Aspekt in den Vordergrund und versuchen, Spezialinteressen zu befriedigen. So gibt es zum Beispiel in Kalifornien METRO NEWSPAPERS – eine Gruppe von neun kleinen und kleinsten Lokalzeitungen, die für das Gebiet zwischen San Jose und San Francisco einen auf Kunst und Unterhaltung ausgerichteten Online-Dienst eingerichtet haben. Die NEWS HERALD NEWSPAPER-Gruppe aus Southgate in Michigan, die mehrere kleine Wochenzeitungen für die 21 Kommunen und 19 Schuldistrikte in ihrem Verbreitungsgebiet druckt, setzt ganz auf Lokalinformation. Sie will noch im Laufe des Jahres 1995 ein BBS einführen, das in Ergänzung zu den Zeitungen täglich aktualisierte Inhalte bietet und in aller Ausführlichkeit über die ganz lokalen Geschehnisse berichtet, die traditionell höchstens sehr kleine Lokalzeitungen veröffentlichen. Die NEWS-HERALD-Zeitungen offerieren ihren Lesern zusätzlich zum Preis von US $10,95 pro Monat 30 Stunden Zugang zum INTERNET.

Michigan: NEWS HERALD NEWSPAPER-Gruppe mit Berichten über lokales Geschehen

Der NEWS & OBSERVER in Raleigh, North Carolina, hat sein im Februar 1994 gestartetes BBS ursprünglich ganz auf die Bedürfnisse von Schulkindern im Alter von acht bis zwölf Jahren ausgerichtet. Da NANDO von Anfang an den Zugang zum INTERNET in das Projektdesign einbezogen hat, ist dieses Projekt im Abschnitt „Lokales Online-System mit INTERNET-Anschluß" (S. 113) ausführlich dargestellt.

North Carolina: NANDO für Schulkinder konzipiert

Einen ganz eigenen Weg gehen in Arizona die beiden Zeitungen ARIZONA REPUBLIC und PHOENIX GAZETTE. Sie haben gemeinsam ein Multimedia-Immobilien-Projekt namens HOME BUYING CHOICES eingeführt, das aus einer Kombination von Kleinanzeigen in der Zeitung, einer alle 14 Tage erscheinenden (unentgeltlich abgegebenen) Zeitschrift, Audiotex, Fax-on-Demand und einem BBS besteht. Wer eine Immobilie veräußern will, zahlt einen Einheitspreis. Sein Inserat erscheint auf allen Plattformen. Nutzer der Mailbox-Version von HOME BUYING CHOICES können die Anzeigen nach einer Vielzahl von Kriterien durchsuchen: Preis, Ort (differenzierte Suchmöglichkeiten bis hinunter zur Ebene der Schulbezirke), Größe, Anzahl der Räume und vieles mehr. Auch eine Kombination von Suchkriterien ist möglich. Mit Hilfe eines interaktiven Zinskalkulationsprogrammes können die Nutzer gleich ausrechnen lassen, wie hoch die monatliche Belastung beim Kauf eines Objekts gegebenenfalls wäre oder wie hohe Ratenzahlungen sie bei ihrem Einkommen verkraften können. Informationen über die aktuellen Darlehenskonditionen der örtlichen Geldinstitute runden das Angebot ab.

ARIZONA REPUBLIK und PHOENIX GAZETTE: Immobilien in Multimedia

2.2.3 Modell „Lokales Informationszentrum"

US-Zeitungen, die sich 1994 oder 1995 neu zur Einführung eines BBS entschlossen, verfolgen in der Mehrzahl hochgesteckte Ziele. Sie wollen das positive Image der Zeitung als dem wichtigsten Informationsanbieter im Verbreitungsgebiet auf Computermedien übertragen. Redaktionelle Inhalte, auch der Zugriff auf das elektronische Archiv, spielen bei diesem Mailboxtyp eine wichtige Rolle. Zusätzlich werden andere Informationsquellen angeboten, beispielsweise stündlich aktualisierte Agentur-Nachrichten, Börsenkurse oder Diskussionsforen aus anderen Computernetzen:

Neue Projekte mit hochgesteckten Zielen

Nicht-kommerzielle Organisationen als Informationsanbieter

dem INTERNET oder FIDONET, einem auch in Deutschland verfügbaren weltweiten Mailbox-Verbund.[24]
Zeitungsprojekte dieser Art versuchen, sämtliche für das lokale Leben relevante Informationen in ihrem Angebot zu bündeln: Nichtkommerzielle Organisationen wie Verbraucherberatung und Selbsthilfegruppen können ihre Anliegen und Materialien präsentieren. Kommunalparlamenten und der Kommunalverwaltung wird Platz auf dem Rechner eingeräumt. Soweit vorhanden, werden Verbindungen zu anderen lokalen Online-Informationsquellen hergestellt, etwa dem Katalog der Stadtbibliothek oder dem Lokalinformationssystem des Fremdenverkehrsverbandes. Nutzer können in der Box chatten, miteinander spielen, Spiele und andere Softwareprogramme auf den eigenen Rechner laden, Sportstatistiken abrufen und elektronische Post verschicken. INTERNET-E-Mail wird dabei immer mehr zum Standard: Eine wachsende Zahl von Zeitungen bietet den Nutzern ihrer Mailboxen Zugänge und Übergänge ins INTERNET.[25]

North Dakota: Regionalzeitung BISMARCK TRIBUNE mit lokalem Informationszentrum

Auffällig ist, daß sich nicht nur große Zeitungen an die Gestaltung derartiger „lokaler Informationszentren" wagen. Die BISMARCK TRIBUNE aus North Dakota ist eine Regionalzeitung mit einer Auflage von etwa 30.000 Exemplaren. In ihrem im Oktober 1994 eingerichteten BBS bietet sie den Volltext der Zeitung, stündlich aktualisierte AP-Nachrichten, breite Informationen kommunaler Organisationen, Texte und Materialien der Staatsregierung und der Lokalparlamente, lokale Diskussionsforen, Chat, eine umfangreiche Software-Bibliothek und vieles mehr. Das Abonnement kostet US $5,95 im Monat für bis zu fünf Stunden Online-Nutzung. Jede weitere Stunde wird mit US $1 abgerechnet. Im Sommer 1995 gab es 300 Abonnenten.

Das BBS POST & COURIER ONLINE der CHARLESTON POST & COURIER (Auflage rund 110.000 Exemplare) aus South Carolina ist ein Beispiel für eine Zeitungsmailbox, die die Vorteile der schon lange praktizierten Vernetzung der Mailboxen für ihre Zwecke nutzt. Das ursprünglich von der Redaktion rein für die Verbreitung politischer Hintergrundinformationen gedachte System (Start Juli 1994, 1.700 registrierte Nutzer) wurde rasch auf weitere Themengebiete ausgeweitet. Mit ins Angebot aufgenommen wurden Diskussionen (im Fachjargon: Bretter) aus dem FIDONET. Für die Nutzer liegt der Vorteil der Ausweitung mancher Foren auf der Hand: Je größer der Kreis der potentiellen Leser, um so höher ist die Wahrscheinlichkeit, auf spezifische Fragen eine Antwort zu erhalten. Aus diesem Grund bieten einige Zeitungsmailboxen auch ausgewählte INTERNET-Newsgruppen an.

South Dakota: Themenbörse der POST & COURIER ONLINE

Auch diese vergleichsweise aufwendig gestalteten BBS-Systeme werden bislang von den meisten Zeitungen kostenlos angeboten. Dies wird aber vermutlich nicht lange so bleiben. Fast bei allen US-Verlagen gibt es Pläne, nach einer Einführungs- und Testphase Abonnementgebühren zu erheben. Eine weitere Einnahmequelle sind Anzeigen[26], die zum Teil als geschäftliche Anzeigen realisiert werden, zum Teil auch als Online-Einkaufszentren. Einige Zeitungen arbeiten mit Sponsoren, mit denen dann etwa gemeinsame Marketingaktionen durchgeführt werden, zum Beispiel „Leser schreiben CD-Kritiken".

Pläne zur Einführung von Abonnement-Gebühren

[1] Steve Outing unterhält im World Wide Web im INTERNET eine regelmäßig aktualisierte Liste der von Zeitungen unterhaltenen Online-Dienste mit Schwerpunkt USA. Diese Liste ist öffentlich und kostenlos zugänglich unter der INTERNET-Adresse (URL): http://www.nyc.pipe-

Dienste von Zeitungen, die über das INTERNET angeboten werden, ist NEWSLINK, erreichbar unter: http://www.newslink.org.

2 INFORMATION & INTERACTIVE SERVICES REPORT: Quarterly Census of Electronic Services; zit. nach: PR-NEWSWIRE, 13. Juli 1995.

3 Zur Erklärung der INTERNET-Dienste vgl. Abschnitt „Das INTERNET" (S. 100ff.)

4 Stellungnahme von <bsicelof@nando.net> zum Diskussionspunkt „The NANDO model" im Rahmen der INTERNET-Mailingliste online-news@marketplace.com, 15. November 1994.

5 vgl. SZ Nr. 135, 14. Juni 1995, S. 22; SZ Nr. 168, 24. Juli 1995, S. 17.

6 Friedrich W. Burkhardt: Einführungsstatement zu dem von IFRA und BDZV gemeinsam veranstalteten Seminar „Online-Dienste als Ergänzung zur Tageszeitung", am 6. und 7. April 1995 in Darmstadt, zit. nach: DIE ZEITUNG, April 1995, S. 3.

7 INFORMATION & INTERACTIVE SERVICES REPORT: Quarterly Census of Electronic Services; zit. nach: PR-NEWSWIRE, 13. Juni 1995.

8 Klaus Schrape: Markt und Entwicklungschancen des Fernsehens im Zeitalter der Digitaltechnik, Referat vor dem Bayerischen Landesmedienrat, 16. Februar 1995, unveröffentl. Manuskript.

9 Michael Peters: Elektronische Informationsdienste verzeichnen Umsatzrekord, in: Infobase 1995, Internationale Fachmesse für Information, Offizieller Katalog, Frankfurt a.M. 1995, S. 28.

10 Pressemitteilung vom 1. März 1995.

11 1978 hatte das Bundespostministerium erste Bildschirmtextfeldversuche in Berlin und Düsseldorf/Neuss angekündigt, im Juni 1980 liefen diese Versuche an. Am 18. März 1983 verabschiedeten die Ministerpräsidenten der Länder einen Bildschirmtext-Staatsvertrag, in dem die Einzelheiten bezüglich Zugang und Nutzung festgelegt sind. Rechtlich wurde BTX dabei nicht als Rundfunk eingestuft, vgl. Franz Ronneberger: Kommunikationspolitik, Teil III, Kommunikationspolitik als Medienpolitik, Mainz 1986, S. 244.

12 KIT-Software für BTX-Nutzer gab es bis Mai 1995 nur in Testversionen. Im Juni wurde die Software offiziell freigegeben und vermarktet.

13 Die BTX-Präsenz der beiden Kölner Zeitungen wurde ständig zurückgeschraubt. 1989 fiel der redaktionelle Teil weg, 1991 der Veranstaltungskalender, auch Wahlergebnisse sind nicht länger abrufbar. In jüngerer Zeit hat es Überlegungen gegeben, im Kleinanzeigen- und Immobilienbereich wieder größer einzusteigen.

[14] Eine gemeinsame deutsche Tochtergesellschaft mit Sitz in Hamburg wurde gegründet, vgl. Pressemitteilung vom 1. März 1995. Die Gründung weiterer Tochtergesellschaften in Großbritannien und Frankreich war bei Redaktionsschluß angekündigt, aber noch nicht vollzogen.

[15] Die TRIBUNE kaufte 1994 mit COMPTON'S NEW MEDIA einen der größten und bekanntesten CD-Rom-Hersteller der USA und lancierte den lokalen Fernseh-Nachrichtensender CHICAGOLAND, der 1,2 Millionen Haushalte im Verbreitungsgebiet erreicht. Sie bot der TIME WARNER-Gruppe an, für ein Experiment mit interaktivem Fernsehen in Orlando, Florida, redaktionelle Inhalte beizusteuern. Bereits angelaufen sind ein elektronisches Kaufhaus, eine digitale Fernseh-Programmzeitschrift sowie die weltumspannende digitale Foto-Datenbank PICTURE NETWORK INTERNATIONAL. Die TRIBUNE kaufte die renommierte Fachzeitschrift FARM JOURNAL, die als technologischer Vorreiter gilt. Jede Ausgabe erscheint bereits heute in 2.500 unterschiedlichen Versionen. Obwohl FARM JOURNAL ein Printprodukt ist, wird es der Rundfunkabteilung der TRIBUNE zugeordnet. Es gibt ein weiteres Engagement bei TV- und Kabelfernsehen, im Schulbuch- und Erziehungsbereich, wo es auch darum geht, die bei den aufgekauften Verlagen vorhandenen Informationen für die digitale Verbreitung neu aufzuarbeiten. Ziel dieser vielen unterschiedlichen Experimente: Erfahrungen auf möglichst vielen Gebieten mit möglichst vielen unterschiedlichen Partnern sammeln, um in jeder nur möglichen Medienzukunft eine Führungsrolle übernehmen zu können.

[16] Robert Ingle: Straining to see the Future, Rede, gehalten am 20. Juli 1994 beim Jahrestreffen der INTERACTIVE SERVICES ASSOCIATION in Atlanta, Georgia, Manuskript.

[17] Zahlen zitiert nach Dan Gillmor: Computer Editor bei MERCURY CENTER, vorgestellt bei der Konferenz „Netmedia 1995" am 15. Juni 1995 in London.

[18] Beteiligungen laut Pressemitteilung vom 12. Januar 1995: D: BURDA MEDIENGRUPPE (26,9%), DR. SCHWARZ SCHILLING GMBH (3%); F: MATRA-HACHETTE MULTIMEDIA (15%), GB: PEARSON-VERLAG (15%), USA: MEIGHER-COMMUNICATIONS LP (8,5%), L: SOCIÉTÉ NATIONALE DE CRÉDIT ET D'INVESTISSEMENT (SNCI) (9,2%), BANQUE ET CAISSE D'EPARGNE DE L'ETAT BCCE (9,2%), STRATINVEST (4,6%), LUXEMPART (4,6%), VIRTUAL TECTONICS (4%). Ende August 1995 kündigte der Axel-Springer-Verlag seine Beteiligung an. Im Gespräch waren eine 10prozentige Beteiligung an der EUROPE ONLINE HOLDING LUXEMBURG und eine Übernahme von 21,3 Prozent von EUROPE ONLINE DEUTSCHLAND. Vgl. w&v 35/95, S. 9.

[19] Quelle: PR NEWSWIRE, 12. Juni 1995: „MICROSOFT announces first 70 European Independent Content Providers for the MICROSOFT NETWORK".

[20] Zu COX gehören 18 Tageszeitungen in zwölf Verbreitungsgebieten, sieben Wochenzeitungen, 22 Kabelfernsehgesellschaften, sechs Fernsehsender und 15 Radiosender. Zum Unternehmen gehört außerdem MANHEIM AUCTIONS, eine der umsatzstärksten Automobilhandelsgesellschaften der Welt, sowie einige Direktmarketingfirmen, Telefonbuch- und Buchverlage, Immobilienfirmen und Druckereien in den USA. Der COX ENTERPRISES Gesamtgewinn lag 1994 bei knapp drei Milliarden US-Dollar.

[21] Angaben zitiert nach dem Referat von Peter Winter, Vice President for Market Development bei COX ENTERPRISES INC., gehalten beim Seminar „Online-Dienste als Ergänzung zur Tageszeitung", veranstaltet von IFRA und BDZV, 6. und 7. April 1995 in Darmstadt.

[22] INTERACTIVE PUBLISHING ALERT, hg. von Rosalind Resnick, Januar 1995.

[23] Die von Brancheninsider Steve Outing im INTERNET geführte Liste der von US-Zeitungen unterhaltenen lokalen BBS verzeichnete am 30.Juni 1995 34 US-Zeitungen sowie zwei Einträge aus Kanada. Von den US-Zeitungen hatten 13 eine Auflage unter 50.000, sieben eine unter 100.000 und 14 eine von 100.000 und mehr (URL=http://www.nyc.pipeline.com/edpub/).

[24] FIDONET ist eines der internationalen Mailboxnetze, die unterhalb der Ebene des INTERNET existieren und Informationen untereinander austauschen können. In Deutschland sind FIDONET, MAUSNETZ und ZERBERUS (= Z-Netz) weit verbreitet. Der Austausch von Daten über Mailboxnetze erfolgt in der Regel nicht über Standleitungen, sondern über nächtliche Modemverbindungen. Diskussionsbeiträge und auch elektronische Post werden so von Mailbox zu Mailbox weitergereicht. Auf diese Art verschickte E-Mail kann einige Tage unterwegs sein, bis sie ihre Empfänger erreicht.

[25] Von den 34 bei Steve Outing Ende Juni 1995 aufgelisteten BBS von US-Zeitungen boten neun Zugänge zum INTERNET an. Nicht alle im INTERNET vorhandenen Dienste wurden von allen Mailboxen unterstützt. INTERNET-E-Mail war überall möglich. Drei Dienste boten Inhalte anderer Mailboxnetze an, zumeist FIRSTCLASS oder FIDONET.

[27] Näheres vgl. Kapitel „Anzeigen – das wirtschaftliche Fundament" (S. 145ff.)

Dieses Kapitel gibt einen kurzen Überblick über Struktur und Möglichkeiten des INTERNET, um anhand konkreter Projekte zu diskutieren, wie sich Verlage engagieren können.

Kapitel 3 Publizieren im Internet

Wenn man die aktuelle Debatte unter Zeitungsverlagen in den USA betrachtet, geht es nicht länger darum, ob man im INTERNET publizieren soll, sondern nur noch darum, wie man dies realisieren kann. „Viel von dem Nebel, der uns letztes Jahr noch die Sicht versperrte, hat sich verzogen", erklärte Robert Ingle, Vice President für Neue Medien bei KNIGHT-RIDDER INC., am 27. Juni 1995 in Atlanta beim jährlichen Zeitungskongreß für Neue Medien „Connexions" der NEWSPAPER ASSOCIATION OF AMERICA: „Einige Dinge sind heute deutlich klarer. Eines davon ist der absolute Run auf das INTERNET von allen Seiten, inklusive der kommerziellen Online-Dienste."[1]

Viele US-Zeitungen haben sich entschieden, das INTERNET als Publikationsforum zu nutzen. Im Juli 1995 zählten Branchendienste 78 US-Zeitungen im INTERNET. Weltweit wurde die Zahl der Tageszeitungen mit Online-Engagement auf mindestens 300 geschätzt, wobei allerdings rein lokale Online-Dienste mitgezählt wurden. Branchenkenner Steve Outing schätzt, daß es Ende 1995 schon 500 Zeitungen mit Online-Diensten geben wird, in zwei Jahren dann 1.000 oder 2.000.[2]

78 US-Zeitungen entschieden sich für das INTERNET

Zeitungsverlage gründen New Century Network

Die Fundamente dazu wurden schon gelegt. Im April 1995 gründeten acht der größten Zeitungsgruppen der USA ein Joint-Venture namens New Century Network (NCN) mit dem Ziel, ein nationales Netzwerk lokaler Zeitungs-Online-Dienste mit Internet-Anschluß zu schaffen.[3] Das Gemeinschaftsunternehmen will seinen Kooperationspartnern die Einführung professioneller Angebote ermöglichen, also lokaler Dienste, angereichert mit aktuellen Nachrichten, Features und Sportinformationen, Ticket-Service, Home-Shopping und diversen Führern und Veranstaltungskalendern für ihr Verbreitungsgebiet. Zugleich sollen die Nutzer der Zeitungsdienste von den Stärken eines großen Netzwerks profitieren: elektronische Post, Diskussionsgruppen, Echtzeit-Konferenzen. Von den 208 Tageszeitungen, die den kooperierenden Verlagen gehören, werden bis 1998 mindestens 75 Online-Dienste mit Verbindung zum Internet auf die Beine stellen, kündigte das NCN im Juni 1995 an.[4]
Die Möglichkeiten für Zeitungen, ins Internet einzusteigen, sind vielfältig. Es gibt per elektronischer Post vertriebene Ausgaben, Bulletin Board Systeme (Mailbox) mit Zugang zum Internet, elektronische Archive, als Dateien über das Netz versandte Faksimile- und Faxzeitungen bis hin zu Publikationen und Informationszentren im World Wide Web (WWW), der graphischen, multimediafähigen Benutzeroberfläche im Internet.

3.1 Das Internet

Anarchistisches Netz

Nüchtern betrachtet ist das Internet ein weltweites, unkontrolliertes, anarchistisches, nichtkommerzielles Netzwerk von Computern verschiedenster Bauart (Unix, Mac, PC, Sun ...), die miteinander über Telekommunikationswege (Standleitungen, Telefon, Glasfaserkabel, Satellit ...) kommunizieren, indem sie eine gemeinsame Sprache benutzen, das TCP/IP-Protokoll. Jeder Computer im Netz hat eine eigene Adresse, kann Server oder Client sein, also Daten von einem anderen Computer abrufen oder selbst zur Verfügung stellen. In den Medien wird das INTERNET als eine Art Daseinsform für eine Gemeinschaft computerkundiger Menschen beschrieben, die sich mit einer eigenen Kultur und strengen Verhaltensregeln (Netiquette) eine eigene Welt schaffen. In gewisser Weise ermöglichen es vernetzte Computer tatsächlich, daß sich Menschen auf virtuellen Plätzen treffen, daß sie reden, spielen, Informationen austauschen, einkaufen und sich gegenseitig helfen. Die anarchistische Struktur und das Fehlen jeglicher Kontrollinstanz machen das INTERNET auch zu einem Dorado computerkundiger Krimineller. Das INTERNET ist zugleich eine Fundgrube für Informationen: Dort finden sich Augenzeugenberichte vom Krieg in Bosnien oder vom Erdbeben in Kobe. Man kann von seinem Schreibtisch aus in den Katalogen der Library of Congress blättern oder in denen der Bayerischen Staatsbibliothek. Es ist jederzeit möglich, andere INTERNET-Surfer um Rat zu fragen. Bilder vom verhüllten Reichstag oder vom Jupiter liegen zum Abruf bereit, Pressemitteilungen, Forschungsergebnisse, Computerprogramme. Datenbanken und Nachschlagewerke stehen für Recherchen zur Verfügung, elektronische Zeitungen und Zeitschriften liefern aktuelle Informationen. Vielleicht liest man dort die Speisekarte des Italieners nebenan sowie das Angebot, Karten für das Rockkonzert am Sonntag online zu bestellen. Electronic Shopping war bis Sommer 1995 über das INTERNET nur eingeschränkt möglich. Die Übermittlung sensibler Daten wie etwa Kreditkarteninformationen galt noch

Gemeinsame Sprache

Fundgrube für Informationen

Noch eingeschränkte Einkaufsmöglichkeiten

nicht als sicher. Softwarehersteller, Geldinstitute und Kreditunternehmen arbeiteten aber an geeigneten Verschlüsselungstechniken.

Militärischer Ursprung

Die Entstehung des INTERNET wurzelt in den US-Denkfabriken des kalten Krieges. Damals suchten Militärs eine Möglichkeit, wie die einzelnen Städte und Militärbasen nach einem sowjetischen Nuklearangriff noch miteinander kommunizieren könnten. Entwickelt wurde das Konzept eines nicht-hierarchisch organisierten Computernetzes, bei dem niemand voraussagen kann, welchen Weg die verbreitete Information nehmen wird. Da dieses Netz kein Zentrum hat, kann es praktisch nicht zerstört werden. Die Idee wurde 1964 von der RAND-CORPORATION erstmals publiziert. 1969 gründete das Pentagon dann mit zunächst nur vier Rechnern ARPANET. Das zunächst für Militärs und militärische Forschung reservierte Netz wurde bald ausgebaut und für einen weiteren Personenkreis geöffnet.

Unzerstörbare Struktur

Anfang der 80er Jahre trennten die Militärs ihren Bereich in das MILNET ab. Das ursprüngliche Netz blieb jedoch bestehen und wurde fast ausschließlich von Universitäten genutzt. Die offizielle Bezeichnung des Netzes lautete jetzt DARPA INTERNET, was schnell zu INTERNET verkürzt wurde. Wissenschaftler tauschten über das Netz Forschungsergebnisse aus, kommunizierten miteinander und nutzten Computerressourcen gemeinsam.

Internet offen für jedermann

Zum 1. April 1995 zog sich die NATIONAL SCIENCE FOUNDATION mit ihrem Hochgeschwindigkeits-Rechnernetz aus dem INTERNET zurück – damit entfiel die letzte finanzielle Unterstützung des INTERNET durch amerikanische Steuergelder. Heute ist das INTERNET offen für Firmen und Privatleute, die ihre Rechner

anschließen möchten. Zahlreiche INTERNET-Service-Provider bieten hierfür ihre Dienste an.
Da Privatpersonen wie Firmen unterschiedliche Stufen des Zugangs zum INTERNET wählen können, d.h. in unterschiedlich hohem Maße die verschiedenen im INTERNET möglichen Anwendungen nutzen (Zugang zur elektronischen Post haben die meisten Nutzer, Zugang zum World Wide Web die wenigsten), gehen die Meinungen über die Zahl der Nutzer des INTERNET auseinander. Als vergleichsweise verläßliche Meßlatte für die Beurteilung des Wachstums des INTERNET gilt die Zahl der angeschlossenen Computer (= Host-Rechner). Die INTERNET SOCIETY zählte Mitte April 1995 über 5,7 Millionen Computeradressen. Schätzungen gehen in der Folge von 30 bis 40 Millionen Nutzern aus.
Das phänomenale Wachstum des INTERNET beschränkt sich nicht auf die USA. In Deutschland stieg die Zahl der registrierten Host-Rechner zwischen Dezember 1993 und Dezember 1994 von 110.000 auf 200.000. Im Juni 1995 wurden bereits 350.000 Host-Rechner gezählt. In ähnlich rasantem Tempo und ähnlicher Anzahl wuchs das INTERNET in Großbritannien. Auch die anderen europäischen Länder verzeichnen hohe Zuwachsraten, wenn auch auf niedrigerem Niveau.

Phänomenales Wachstum

Das INTERNET gilt als „freies" Informationsmedium. Seine Grundkosten tragen die Betreiber oder primären Auftraggeber: Militär, Universitäten, Telekommunikationsunternehmen. Jeder Anwender und jeder kommerzielle INTERNET-Anbieter bezahlen die Kosten für die Verbindung zwischen dem eigenen Rechner und einem anderen Computer, der bereits ans INTERNET angeschlossen ist. Diese Verbindungen können Standleitungen sein, bei Bedarf auch geschaltete ISDN- oder analoge Leitungen. Privatkunden verwenden in der Regel Modem und Wählverbindung und erhalten von

„Freies" Informationsmedium

einem INTERNET-Anbieter eine Zugangsberechtigung. Die Investitionen in die technische Ausrüstung bezahlt jeder selbst. Benötigt werden ein Computer, eine Zusatzausstattung für Datenfernübertragung (Modem, ISDN-Karte …) und Software, die größtenteils frei über das INTERNET erhältlich ist.

Notwendiges Zubehör

Die Rechner im INTERNET verständigen sich mit Hilfe eines Standardprotokolls (TCP/IP). Den Anwendungen sind im Prinzip nur durch die Phantasie der Programmierer und die Bedürfnisse der Anwender Grenzen gesetzt. Für die Mehrzahl der Nutzer und wohl auch für Zeitungsverlage war bei Redaktionsschluß des Buches nur eine Handvoll Anwendungen wirklich interessant, die nachfolgend dargestellt werden.

- E-Mail:
  Herzstück und vermutlich der derzeit wichtigste Dienst des INTERNET überhaupt ist E-Mail, die elektronische Post. Sie ermöglicht es, in Sekundenschnelle Nachrichten um den Globus zu schicken, die umgehend beantwortet werden können. Der Vorteil gegenüber dem Faxgerät liegt darin, daß diese Texte in elektronischer Form vorliegen, also direkt vom Computer weiterverarbeitet werden können. Auf diese Art und Weise können Texte schnell redigiert und autorisiert werden. Übermittelt werden können bislang allerdings nur reine Text-Dateien (ASCII) ohne Formatierung. Der Versand formatierter Texte oder anderer „binärer" Daten ist in eingeschränktem Umfang mit Hilfe von Codierungsprogrammen möglich. Bereits nicht zum üblichen englischen Alphabet gehörende Sonderzeichen wie die deutschen Umlaute stellen die internationale E-Mail heute noch vor Schwierigkeiten. In wenigen Jahren soll es jedoch möglich sein, auch über das INTERNET typographisch gestaltete E-Mail zu verschicken. Bis-

E-Mail: reiner Text

lang ist dies nur über einige der kommerziellen Netzwerke möglich.
E-Mail kann sowohl an Einzelpersonen, als auch an ganze Personengruppen verschickt werden. Eine Besonderheit des INTERNET sind Listserv-Gruppen, das heist Diskussionslisten, die man kostenlos abonnieren kann. Auf diesen Mailinglisten, die es zu festen Themen gibt (etwa zu Online-Zeitungen oder computer-gestütztem Journalismus[5]), kann man sowohl Beiträge lesen, als auch selbst beisteuern. Es ist möglich, derartige Listen selbst ins Leben zu rufen oder eigene Newsletter auf diesem Weg zu verbreiten.

- News:
Eine weitere Grundanwendung des INTERNET, zu der die meisten Nutzer Zugang haben, sind News bzw. Usenet-Gruppen. Dies sind Diskussionsforen, die man am ehesten mit schwarzen Brettern vergleichen kann. Jeder kann Mitteilungen lesen und aushängen. Anders als bei E-Mail-Mitteilungen, die unaufgefordert im eigenen Briefkasten landen, muß der Nutzer News-Gruppen aktiv aufsuchen.
News gibt es im INTERNET zu allen erdenklichen Themen: Politik, Gesellschaft, Freizeit, Sex, Computer... Einige beschäftigen sich auch mit Medien, zum Beispiel „alt.news-media" oder „alt.online-services". Die geschätzte Zahl der Newsgruppen liegt weltweit bei 15.000. Eine genaue Zahl ist nicht zu ermitteln. Einige Gruppen werden nur national verbreitet, andere sogar nur lokal.

News: Mitteilungen für jedermann

- World Wide Web (WWW):
Das World Wide Web (WWW) ist weniger eine eigene Anwendung, als vielmehr eine graphisch gestaltete und verhältnismäßig leicht zu bedienende Multimedia-Software, mit deren Hilfe man die wichtig-

sten Ressourcen des INTERNET mit minimalen Computerkenntnissen nutzen kann. Dieses vom europäischen Großforschungszentrum CERN entwickelte Navigationsinstrument arbeitet mit Hypertext-Links, also mit per Mausklick aktivierbaren Verbindungen, die um die ganze Welt führen können. In das WWW können Multimedia-Elemente eingebunden werden. Neben Text sind auch Klang-, Bild- und Videoelemente darstellbar. Interaktive Formulare ermöglichen die direkte Kommunikation mit den Nutzern.

WWW: Text, Ton, Bild, Video

- Chat:
  Chat ermöglicht Echtzeitkonferenzen zwischen verschiedenen Teilnehmern und könnte als Mischung zwischen Briefeschreiben und Telefonieren bezeichnet werden. Im INTERNET gibt es eigene Server, die diese Dienste anbieten.

Chat: Getippte Plaudereien

- Telnet:
  Telnet ermöglicht es, vom eigenen Computer aus an einem anderen Computer zu arbeiten, so als säße man direkt dort. Wichtig und nützlich ist dies beispielsweise bei Literaturrecherchen oder der Nutzung von Großrechenanlagen.

Telnet: Nützliche Fern-Zugriffe

- FTP und Gopher
  FTP (= File Transfer Protocol) und Gopher erlauben es, Dokumente, Computerprogramme und digitale Daten aller Art auf den eigenen Computer zu laden und unmittelbar weiterzuverwenden. Bei der Suche helfen Programme wie Archie oder Veronica.

FTP und Gopher: Geladene Daten

3.2 E-Mail-Zeitungen

Wenn man die heutige Nutzung und Zugänglichkeit des INTERNET nüchtern betrachtet, eignet sich für die Verbreitung reiner Nachrichten eigentlich kein Dienst besser als E-Mail:

Vorteile …

- Man kann damit das zahlenmäßig größtmögliche Publikum erreichen.
- Die Lieferung erfolgt prompt und frei Haus.
- Jeder Abonnent erhält sein eigenes Exemplar, das er mit seinem gewohnten Mail-Programm am Bildschirm aufrufen kann.
- Herstellung und Vertrieb sind für den Produzenten konkurrenzlos billig.
- Abonnement und Abrechnung sind leicht zu kontrollieren.

Daß E-Mail trotz dieser offensichtlichen Vorteile bislang kaum zur Verbreitung elektronischer Zeitungen genutzt wird, hat gute Gründe:

… und Nachteile

- Die Beschränkung auf reinen Text setzt der graphischen Gestaltung und der Lesbarkeit enge Grenzen.
- Eine komplett als ein großer Text übermittelte Zeitung sprengt vom Umfang her die Verarbeitungskapazität der meisten E-Mail-Programme.
- Das Lesen langer Texte am Bildschirm ist extrem mühsam.
- Bislang gibt es keine wirklich funktionierende Methode, in umfangreichen Texten schnell von einer interessanten Passage (oder Artikel) zur nächsten zu kommen, die sich in einem anderen Teil des Dokuments befindet.

Kommerzielle Produkte

Einige Zeitungen haben sich dennoch dazu entschlossen, mit E-Mail-Ausgaben zu experimentieren. Bei Redaktionsschluß des Buches gab es darunter allerdings nur ein einziges kommerzielles Produkt: die WEEKLY E-MAIL von THE WEEKLY MAIL & GUARDIAN aus Johannesburg in Südafrika. Die IRISH TIMES soll angeblich ebenfalls gegen Gebühr eine Fernausgabe für im Ausland lebende Iren verschicken, ebenso eine brasilianische Zeitung. Unabhängig von Zeitungen verbreiten Agenturen tagesaktuelle Informationen über

E-Mail. Die Grundstruktur von E-Mail-Produkten läßt sich an folgenden Diensten zeigen.
In Südafrika gibt es die WEEKLY E-MAIL seit April 1994. Das elektronische Produkt war von Anfang an gedacht als ein vom Umfang her begrenzter, schneller und kosteneffektiver Dienst, der sich vor allem an ein internationales Publikum richtet. Die jeweils freitags verschickte Ausgabe enthält den kompletten Text der WEEKLY MAIL, aber keine Texte aus THE GUARDIAN, THE WASHINGTON POST und LE MONDE, die Teil der Printausgabe sind. Abonnenten zahlen US $100 im Jahr für 52 Ausgaben (Ermäßigung für Abonnenten aus Lateinamerika und Ländern Afrikas sowie für akademische Institutionen). Auch Einzelausgaben sind mittlerweile zum Preis von US $2 erhältlich – Voraussetzung für den Kauf ist allerdings ein „ecash"-Konto bei DIGICASH, einer niederländischen Firma, die neuartige Zahlungsformen im INTERNET erprobt.[6]
Abonnenten erhalten die WEEKLY E-MAIL in zwei Teilen als reinen Text (ASCII). Der Versand erfolgt über eine Mailingliste, wie sie auch für die frei abonnierbaren E-Mail-Diskussionslisten verwendet wird. Neuerdings experimentiert die Zeitung damit, auch komprimierte Dateien als E-Mail zu verschicken, die der Nutzer dann auf seinem Computer erst entkomprimieren muß, bevor er sie lesen kann.

Anchorage: E-Mail-Ausgabe im Entwicklungsstadium

Noch im Entwicklungsstadium befindet sich die E-Mail-Ausgabe der ANCHORAGE DAILY NEWS (ADN), der größten Zeitung Alaskas (Auflage: rund 60.000 Exemplare). Im Sommer 1995 enthielt die täglich verschickte Auswahl von etwa 15 Artikeln ausschließlich Nachrichten aus Alaska, zusammengestellt aus dem ersten Buch der Zeitung, dem Lokal- und dem Wirtschaftsteil. Der größte Teil der Testausgabe bestand aus selbstrecherchierten Geschichten von ADN-Reportern, der Rest aus Material von AP und eingekauften Beiträgen anderer Zeitungen (WASHINGTON POST, NEW YORK TIMES ...). Die Orientierung im Text wurde durch zwischen den Artikeln einfügte Sternchen („*“) erleichtert: Mit Hilfe eines mit Suchfunktion ausgestatteten E-Mail-Programmes konnte man so durch den Text blättern.

Langfristig will die Redaktion alle Artikel aus allen Teilen der Zeitung in die E-Mail-Ausgabe einbeziehen. Dann sollen für den Vertrieb auch Gebühren erhoben werden. Statt einem elektronischen Brief (ausgedruckt rund 13 bis 15 DIN-A4-Seiten) würden die Abonnenten bei der jetzigen Versandmethode sechs, sonntags sogar zehn Aussendungen erhalten. Speziell in Alaska könnte es für diese Versandform tatsächlich einen Markt geben: Wegen der riesigen Ausmaße des Landes und den hohen Transportkosten (Flugzeug) können viele Einwohner die gedruckte Zeitung nicht pünktlich und zu einem angemessenen Preis beziehen. Diese Situation betrifft praktisch jedermann außerhalb einer 100-Meilen-Zone rund

Die E-Mail-Ausgabe der ANCHORAGE DAILY NEWS

Lösung für das Hinterland

um Anchorage, insbesondere all die Menschen in den zahllosen kleinen Städten und Eingeborenensiedlungen, die keine Straßenverbindung zum Rest des Landes haben. Als einzige Tageszeitung Alaskas mit wirklich landesweiter Berichterstattung hat die ANCHORAGE DAILY NEWS für ihre elektronische Ausgabe weitere Zielgruppen im Visier: frühere Einwohner, die jetzt in anderen Teilen der Welt leben, und Studenten.

Idaho: LEWISTON MORNING TRIBUNE mit Spezialpublikationen

Die LEWISTON MORNING TRIBUNE, eine Regionalzeitung aus einem sehr ländlichen Verbreitungsgebiet im Norden Idahos (Auflage: 27.000 Exemplare), arbeitet ebenfalls an der Entwicklung von E-Mail-Produkten, denkt jedoch in eine völlig andere Richtung. Sie sieht E-Mail vor allem als geeignetes Medium für Special-Interest-Publikationen. Konkret arbeitete die Redaktion bei Redaktionsschluß des Buches an einem Unterhaltungspaket für Studenten und an einem Freizeitführer für ein breiteres Publikum. Angedacht waren auch Wirtschaftsinformationen für örtliche Geschäftsleute.

Inhaltsverzeichnis und Vorspann als Appetizer

Obwohl E-Mail-Produkte im INTERNET zur Zeit noch auf die Übertragung reiner Texte beschränkt sind, müssen nicht zwangsläufig alle Artikel zusammen in einer großen Datei verschickt werden. Elektronische Zeitschriften nutzen die Möglichkeit, nur das Inhaltsverzeichnis und den Vorspann von Artikeln zu versenden. Beiträge, die man lesen will, können dann über E-Mail angefordert werden. Dieses Verfahren wurde zum Beispiel beim G7-Gipfel zur Informationsgesellschaft am 24./25. Februar 1995 in Brüssel angewendet: Sämtliche Redetexte waren per E-Mail verfügbar.

Eine andere Möglichkeit, die Navigation in großen Texten zu erleichtern, ist die Einbindung von HTML-Codes (Hypertext-Markup-Language) in den Text. Wird das Dokument dann nicht mit dem E-Mail-Programm betrachtet (wo diese Codes als störende Einschübe erscheinen), sondern mit einem World Wide Web-Programm, werden Überschriften sichtbar und man kann sich im Text schnell mit Hilfe von Hypertext-Links bewegen.

Navigation durch HTML-Codes

Trotz der erwähnten Beschränkungen darf man die anfangs erwähnte große Stärke von E-Mail nicht unterschätzen, die sie von allen anderen im INTERNET verfügbaren Diensten unterscheidet: Über E-Mail verbreitete Informationen landen zuverlässig im Briefkasten des Nutzers, ohne daß sich dieser um irgendetwas kümmern muß. E-Mail erlaubt eine gewisse Passivität. Informationen aus Usenet-Diskussionsgruppen oder auch aus dem World Wibe Web muß sich der Nutzer dagegen aktiv beschaffen, wozu eine viel größere Motivation notwendig ist.

3.3 Gopher-Zeitungen

Gopher wurde in den einführenden Bemerkungen zum INTERNET nur am Rande erwähnt, da dieser für die Beschaffung von Dokumenten und Dateien aller Art höchst nützliche Dienst zunehmend vom World Wide Web (WWW) verdrängt wird. Gopher ist ein professionelles Rechercheinstrument, doch fehlen ihm Charme und die interaktiven Möglichkeiten des WWW. Noch haben aber sehr viel mehr Menschen Zugang zu Gopher als zum WWW.

Vom WWW verdrängt

Das Gopher-System wurde 1991 von der University of Minnesota zunächst als internes Informationssystem entwickelt, später auf das INTERNET ausgedehnt. Über Gopher lassen sich weltweite Recherchen zu Stichworten oder Themengebieten durchführen. Das Ergebnis der Suche führt direkt zu einer Auflistung von Texten oder Dateien, die man sich auf dem Bildschirm anzeigen lassen oder auf den eigenen Rechner abspei-

Als internes Info-System entwickelt

Suche aufgelistet

chern kann. Die Darstellung der Suchergebnisse am Bildschirm ist faktenorientiert und graphisch nicht besonders interessant. Die Einbindung von Bildern in ein Textdokument ist nicht möglich.

Mit wenig Aufwand Erfahrungen sammeln

Es gibt einige wenige US-Zeitungen, die Gopher als Plattform für elektronische Veröffentlichungen nutzen. Manchen Zeitungen, etwa dem ATHENS MESSAGER oder der MARIETTA TIMES (beides kleine Lokalzeitungen aus Ohio), geht es in erster Linie darum, mit wenig Aufwand erste Erfahrungen mit Elektronischem Publizieren zu sammeln. Ihre Inhalte sind im Rahmen eines öffentlichen Freenet-Projekts zugänglich. Nur wenige Zeitungen engagieren sich stärker. Ein Beispiel dafür sind die MIDDLESEX NEWS aus Massachusetts. Auf ihrem im September 1993 ans Netz gegangenen Gopher-Server findet sich täglich eine Zusammenfassung wichtiger Nachrichten aus dem Lokalteil sowie aus Sport und Wirtschaft. Der Dienst bietet ein Archiv mit Kino- und Restaurantkritiken, Lifestyle-Artikeln und ausgewählten Beiträgen zum Thema Cyberspace, einen Veranstaltungskalender und Touristeninformation.

Detroit: Gopher als Marketinginstrument

Zeitungen wie der NEWS & OBSERVER aus Raleigh in North Carolina (MARVEL.NANDO.NET) oder die DETROIT FREE PRESS aus Michigan nutzen Gopher als zusätzliche Plattform für ihre Online-Produkte. Der NEWS & OBSERVER veröffentlicht auf seinem Gopher-Server täglich Beispielartikel aus der Printausgabe. Bei der DETROIT FREE PRESS finden sich in erster Linie Informationen über die Zeitung selbst: Historische Daten zur Geschichte, E-Mail-Adressen und Telefonverzeichnisse, Verweise auf andere Online-Aktivitäten der Zeitung (COMPUSERVE Forum). Die Redaktion gibt außerdem Tips, wie und zu welchen Bedingungen das elektronische Archiv der Zeitung genutzt werden kann.

3.4 Lokales Online-System mit Internet-Anschluß

Ein lokales Online-System mit INTERNET-Anschluß ist für viele US-Zeitungen die konsequente Fortentwicklung der Mailbox-Idee hin zu einem „lokalen Informationszentrum".[7] Elf Zeitungsmailboxen boten im Sommer 1995 bereits Übergänge ins INTERNET an, eine Fülle weiterer Projekte ist geplant. Hinter dem Engagement steckt meist der Gedanke, die Zeitung im Bewußtsein der Leser als Informationsquelle ersten Ranges zu verankern. Nutzer von Zeitungs-Online-Diensten sollen exklusiven Zugriff auf lokale Informationen erhalten – und die Welt des INTERNET als Zugabe obendrauf.

Mailbox mit INTERNET-Übergang

Der „Kampf um die Köpfe" geht vielerorts so weit, daß die Zeitungen bereit sind, sich um die technische Seite zu kümmern. Sie werden selbst zu INTERNET-Service-Anbietern oder gründen Tochterunternehmen, um ihren Kunden den Zugang zum INTERNET zu verkaufen, ohne die Hilfe eines der etablierten Provider in Anspruch zu nehmen.[8] Dies erfordert einige Investitionen und den Aufbau von technischem Know-how – INTERNET-Anbieter sind schließlich auch dafür verantwortlich, daß die Leitungen stabil sind, die Kunden ihre Modems richtig konfigurieren, die Kommunikation reibungslos funktioniert.

Zeitungen werden Provider

Inzwischen gibt es Firmen, die Zeitungsverlage bei diesem Vorhaben unterstützen. Zu ihnen gehört INFINET, ein Unternehmen, das in Virginia bereits drei Tageszeitungen aufs INTERNET gebracht hat.[9] INFINET-Verleger Gorden Borell bringt die herrschende Aufbruchstimmung bei den Zeitungsverlagen auf den Punkt:

Aufbruchstimmung bei den Verlagen

„Warum sollte eine Zeitung ihren wertvollen Inhalt – Nachrichten, Kleinanzeigen, Archive etc. – umsonst online anbieten und es dann irgendwelchen Typen in einer Garage erlauben, den Zugang dazu zu verkaufen, nur weil sie INTERNET-Provider sind? Zeitungen sollten in diesem Geschäft sein, genau jetzt, weil hier die Dollars sind. Zu sagen, daß die Konkurrenz zu groß oder es für eine Zeitung zu kompliziert sei, da einen Fuß in die Tür zu bekommen, ist als ob man vor 400 Jahren versucht hätte, eine Zeitung davon zu überzeugen, daß es für sie viel zu kompliziert und zu unbequem wäre, jemals eine eigene Druckerpresse zu besitzen."[10]

Pennsylvania: POTTSVILLE REPUBLICAN seit März 1995 mit Online-Dienst

Ein typisches Beispiel für eine Zeitungsmailbox mit INTERNET-Zugang ist RICNET (REPUBLICAN INFO CONNECT) des POTTSVILLE REPUBLICAN in Pennsylvania. Die Regionalzeitung (Auflage: 29.500 Exemplare), die für ihre Audiotex-Aktivitäten bekannt ist und deren Verleger Uzal Martz für 1995 zum Chairman der NEWSPAPER ASSOCIATION OF AMERICA gewählt wurde, lancierte ihren Online-Dienst im März 1995. Das BBS bietet Zugang zu einer virtuellen Einkaufsmeile mit Direktbestellmöglichkeiten, Echtzeitkonferenzen (Chat), eine Softwarebibliothek, deren Programme man sich auf den eigenen Rechner laden kann, sowie Nachrichtenmaterial, das nicht in der Zeitung veröffentlicht wird. Ungewöhnlich sind ein Fax-Service sowie ein Weckdienst.

Für den unbegrenzten Zugang zum BBS verlangt der POTTSVILLE REPUBLICAN US $5.95. Wer außerdem INTERNET-E-Mail nutzen will, muß zwei Dollar drauflegen. Ein voller INTERNET-Zugang kostet US $14,95 im Monat. Innerhalb von nur zwei Monaten gewann der Dienst 300 zahlende Abonnenten. Der Inhalt der Zeitung ist über das BBS bislang nicht zugänglich. Abonnenten mit INTERNET-Zugang können ihn im World Wide Web (WWW) lesen – entsprechende Seiten befanden sich im Sommer 1995 gerade im Aufbau.

Eines der interessantesten Experimente auf dem Gebiet der neuen Medien in den USA läuft zur Zeit beim NEWS & OBSERVER (N&O) in Raleigh, North Carolina.[11] Diese eher mittelständische Zeitung – Auflage werktags 154.000, sonntags 200.000 Exemplare –, die im Mai 1995 an die MCCLATCHY-Zeitungsgruppe verkauft wurde, startete am 14. Februar 1994 ein zunächst in erster Linie für Schulkinder und Lehrer gedachtes BBS mit Zugang zum INTERNET. Auf einer auch vom langsamsten Computer aus nutzbaren, schlichten, textorientierten Benutzeroberfläche mit nur rudimentären Graphiken bot NANDO.LAND Zugang zur kompletten Online-Ausgabe der Zeitung (nur Text), zu 30 Tagen Volltextarchiv, zu Kleinanzeigen, Spielen, Lokalinformationen. Es gab Diskussionforen, Chat und E-Mail, eine Abteilung mit Nachschlagewerken (literarische, historische und sonstige Hintergrundtexte, Daten und Materialien zu Politik und Regierung von North Carolina, eine Auskunftsdatei zu Entstehung und Geschichte von Gesetzestexten ...) sowie einen Übergang zum Verbundkatalog der Büchereien in Wake County. Zum Angebot gehören auch Spiele und so kreative Dinge wie eine MUD (= Multi-User Dungeon) – eine imaginäre Großstadt, die von den Kindern selbst gebaut und regiert wird. Von Anfang an dabei war der Zugang zum INTERNET – allerdings vorerst ohne die Möglichkeit, die graphische Benutzeroberfläche des World Wide Web (WWW) zu nutzen.[12]

North Carolina: NANDO.LAND für Schulkinder und Lehrer

Anfangs rudimentäre Graphik

Imaginäre Großstadt, von Kindern gebaut

Für Schulkinder aus North Carolina ist der Dienst während der Schulzeit, für Lehrer und Behinderte in North Carolina rund um die Uhr unentgeltlich zum Ortstarif zugänglich. Möglich macht dies die Zusam-

Örtliche Telefongesellschaft als Sponsor

menarbeit mit einer örtlichen Telefongesellschaft, die als Sponsor auftritt. Über 7.500 Kinder waren bis August 1995 online. Die Schulen haben die Arbeit mit NANDO inzwischen in ihre Lehrpläne aufgenommen. Da es unter den Lehrern einen breiten Konsens gibt, daß die Fähigkeit zum Umgang mit Computern zu den Schlüsselfertigkeiten im künftigen Berufsleben gehört, wird NANDO im Unterricht tatsächlich vielfältig

The News & Observer

Auflage	154.000 werktags, 200.000 sonntags
Besitzverhältnisse	seit der Gründung 1850 im Familienbesitz, Mitte Mai 1995 verkauft an die McCLATCHY Zeitungsgruppe
Verlagsort	Raleigh, North Carolina
Februar 1994	Start von NANDO.LAND (lokales BBS mit INTERNET-Anschluß mit der hauptsächlichen Zielgruppe Schüler und Lehrer)
März 1994	Start von NANDO.NET (INTERNET-Zugang für Privatpersonen und kommerzielle Kunden)
Nutzer	rund 7.500 Schulkinder und Lehrer kostenlos (Schulkinder aus North Carolina tagsüber während der Schulzeit, Lehrer 24 Stunden), insgesamt über 14.000 Nutzer, etwa 4.000 zahlende Haushalte, Tendenz steigend
Gebühren für Nutzer	US $20 im Monat pro Haushalt (5 Adressen) für vollen INTERNET-Zugang (WWW) + BBS, US $10 pro Monat pro Haushalt (5 Adressen) für das BBS
WWW-Adresse	http://www.nando.net
Mitarbeiter	der Abteilung „Neue Medien“: 47

eingesetzt. Der Online-Dienst läßt sich beispielsweise dazu nutzen, mit Wissenschaftlern zu sprechen oder mit Schulen in der ganzen Welt in Kontakt zu treten.

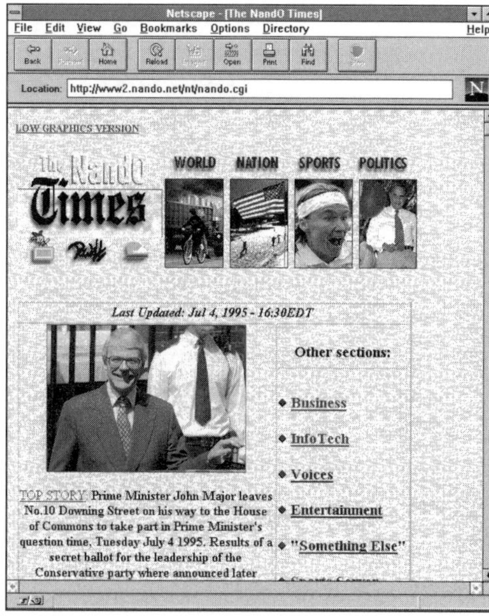

Eines der zahlreichen Online-Angebote des NEWS & OBSERVER: die NANDO TIMES

Mehr als 700 Lehrer hat der N&O im Umgang mit dem INTERNET geschult. Die Kinder haben damit begonnen, ihre eigene virtuelle Welt aufzubauen, in der sie die Personen, Handlungen und Schauplätze bestimmen. Wie sich nach knapp einem Jahr herausschält, nutzen die Schüler den Dienst vor allem zur Kommunikation untereinander und – mittels elektronischer Post – mit Schülern in der ganzen Welt. Auch die Redaktion des NEWS & OBSERVER gehört fest zu den Ansprechpartnern.

Kommunikation rund um die Welt

Mit diesem für Schulen und Schüler kostenlosen Angebot schlägt die Zeitung nach Auffassung von George Schlukbier, einem der geistigen Väter von NANDO, mehrere Fliegen mit einer Klappe:

- Die Kinder lernen in der Schule nicht nur den Umgang mit der (elektronischen) Zeitung als Informationsquelle, sondern erleben die Zeitung als „ihr“ Tor zur elektronischen Welt – ein unschätzbarer Imagegewinn.

• Kinder wie Lehrer verlieren durch das elektronische Medium die Scheu, sich mit Anliegen und Fragen an die Redaktion zu wenden – der Kontakt zu Lesern wird direkter und enger.

Bestandteil im Leben der Kinder

Durch NANDO ist der NEWS & OBSERVER zu einem coolen und festen Bestandteil im Leben der Kinder geworden, zu etwas, was die Zeitung immer erreichen wollte. Dazu Frank Daniels III, Vizepräsident und Chefredakteur: „Die treibende Kraft hinter unserem Engagement für neue Medien ist, daß wir schon immer diejenige Institution sein wollten, die unseren Lesern, Anzeigenkunden und der Gemeinschaft den Zugang zu dieser explodierenden elektronischen Welt eröffnet."[13]

Bezahlte Abonnements für NANDO.NET

Das inzwischen allgemein als NANDO.NET bezeichnete BBS ist seit März 1994 auch für zahlende Benutzer zugänglich. Ein Abonnement kostet eine Familie (bis zu fünf Nutzer aus einem Haushalt) US $20 im Monat – inklusive der für die effektive Nutzung des World Wide Web (WWW) erforderlichen SLIP- und PPP-Verbindungen[14], die bei den kostenlosen Zugangsberechtigungen nicht enthalten sind. Mehr als 430 Telefonleitungen stehen zur Verfügung, über die man wahlweise das BBS, das WWW oder INTERNET-NEWS anwählen kann. INTERNET-Nutzer aus der ganzen Welt können für US $10 pro Monat das BBS über Telnet besuchen. Eine virtuelle Einkaufsmeile befindet sich im Aufbau. Bislang wird das BBS noch kaum dazu genutzt, aktuelle Nachrichten während des Tages publik zu machen. Dies soll sich nach Auskunft der Verantwortlichen aber bald ändern.

Ohnehin ist beim NEWS & OBSERVER vieles im Fluß. Das BBS für Schulkinder war nur ein erster Schritt in Richtung zu einem elektronischen Engagement, das in der Zeitungswelt der USA allgemein Erstaunen und

Bewunderung auslöst. Schon im März 1994 begann die Arbeit an zwei Projekten: Zum einen wollte die Zeitung Privatleuten und kommerziellen Kunden das INTERNET als Medium schmackhaft machen und Zugangsberechtigungen verkaufen – zum anderen arbeitete die Abteilung Neue Medien mit Nachdruck daran, eine elektronische Ausgabe der Zeitung im World Wide Web (WWW)[15] zu präsentieren – nicht zuletzt, um die Möglichkeiten dieses Mediums am eigenen Beispiel präsentieren zu können. Eine treibende Kraft hinter dem Ausbau der WWW-Präsenz sind nicht zuletzt die Kunden, wie George Schlukbier erläutert: „So viele unserer Nutzer haben ihre Rechner aufgerüstet oder sich neue gekauft, daß es für uns einfach wichtig war, Inhalte für alle Stufen der technologischen Kompetenz zu entwickeln."[16]

Kunden mit technischer Kompetenz

Die Seiten von NANDO im WWW werden von INTERNET-Surfern rege besucht. Im Juli 1995 lagen die wöchentlichen Besucherzahlen bei 2,2 Millionen – im Oktober 1994 waren es noch etwa 270.000 pro Woche gewesen. Das inhaltliche Angebot von NANDO ist aber auch außergewöhnlich – vom Umfang wie von der Qualität der angebotenen Informationen. Im Juli 1995 konnte der INTERNET-Surfer unter folgenden Angeboten wählen:

Rege Besuche von INTERNET-Surfern

- THE NANDO TIMES: ständig aktualisierte Zeitung mit dem Neuesten vom Tage: Nachrichten, Sport, Wirtschaft, Technik, Wetter, Fotos …
- SPORTS SERVER: aktuelle Ergebnisse und Features, AP-Agenturberichte (nur über ein kostenlos erhältliches Kennwort zugänglich), Sport-Chat, laufende Berichterstattung über Baseball, Football, Hockey …
- NANDO NEWS NETWORK: kostenpflichtiger, seit Juli 1995 im Abonnement vertriebener Premium-News-Service. Bietet unter anderem: Zugang zum N&O-

Zeitungen als Nachrichtenagenturen

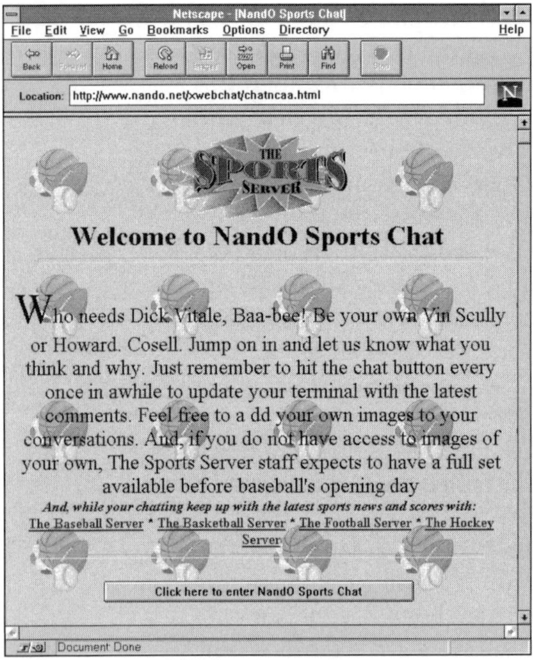

Weitere NANDO-Highlights: Sport-Infos …

Archiv, Cartoons, Zusammenfassungen von Seifenopern, das tägliche Horoskop, Wetter (stündlich neu), Auslandsnachrichten, Filmbesprechungen, Kommentare, Unterhaltung, News for Kids, Reisetips, laufend aktualisierte Börsenkurse, Wirtschaftsnachrichten, eine Presseschau. Das Abonnement kostete bei Einführung US $12 im Jahr und erlaubte einen Zugriff ohne Zeitbegrenzung.

- NANDO ENTERTAINMENT SERVER:
  - Veranstaltungen, Kino, Theater …;
  - Partnerschaftsanzeigen;
  - „Cyrano-Server“ (schreibt Liebesbriefe);
  - Musikszene;
  - örtliche Plattenfirma;
  - „NandO X“: Verbindungen zu interessanten Seiten im INTERNET (Foto, Video, Sound).
- SPECIAL FEATURES:
  - „Talk About Dance!“: Diskussionsserie über die Tanzszene mit einer Kritikerin, Veranstaltungskalender, Hintergrundinformationen, Bilder, Videos;
  - „What's New“.

- NANDONEXT ONLINE:
  eigene Seiten für Jugendliche (die „nächste Generation") mit Texten und Graphiken von Schülern der Highschools aus dem Verbreitungsgebiet. Entstanden im Rahmen eines „Zeitung in der Schule"-Projektes. Diese Publikation erstellt ein Redakteur des N&O gemeinsam mit rund einem Dutzend Schülern.

Eigene Seiten von und für Jugendliche

- NORTH CAROLINA:
  – THE INSIDER: nur im Abonnement zugängliche täglich aktualisierte Informationen aus Regierung und Parlament, ältere Ausgaben zur Ansicht frei, wird auch als Fax-Zeitung vertrieben;
  – „The Philanthrophy Journal";
  – „Users Guide to the Triangle": Informationen zu Stadt und Region, Fremdenverkehr usw.;
  – „North Carolina Almanac of Government and Politics";
  – „The Jesse Helms Sampler": Zitate des bekannten Senators (wird vom N&O auch als Buch vertrieben);
  – „NC Discoveries, a multimedia tour of the Tar Heel state".
- THE NEWS & OBSERVER:
  – „An Appalachian Adventure": Sommer-Serie einer Wanderung quer durch die Appalachen, realisiert in Zusammenarbeit mit anderen Zeitungen;
  – Frühjahrsmode 1995;

... und Diskussionen übers Tanzen

- Beispielartikel aus der Printausgabe;
- Kleinanzeigen;
- THE NANDO BOOKSTORE (Verlagsveröffentlichungen, Marketing-Artikel);
- Editorial Cartoons.

• Kommerzieller Bereich:
- NandO Business Directory: Geschäftsverbindungen;
- Abonnement- und Preisinformationen.

• Organisationen:
- The Freedom Forum;
- The Poyter Institute for Media Studies;
- North Carolina Democratic Party.

Ausgereiftes Chat-System in Planung

Es gibt Pläne für ein ausgereiftes Chat-System. Finanziert wird das Ganze einerseits durch den Verkauf von INTERNET-Zugängen – im Juli 1995 gab es über 14.000 Nutzer und rund 4.000 zahlende Haushalte – in steigendem Maße aber auch durch den Verkauf von geschäftlichen Anzeigen, bei deren Gestaltung der NEWS & OBSERVER seinen Kunden Hilfestellung anbietet. Mehr als 40 feste Inserenten konnte NANDO bis zum Sommer 1995 gewinnen. 47 Menschen arbeiten inzwischen für die Abteilung Neue Medien. Noch schreibt das Online-Engagement des N&O keine schwarzen Zahlen, doch gibt sich George Schlukbier zuversichtlich: „Wir erfüllen alle Haushaltsvorgaben und haben uns entschieden, weiter zu expandieren. Noch werden wir von N&O finanziell unterstützt. Langfristig werden wir aber hohe Einnahmen statt schmaler Profite erzielen.“[17]

Hohe Einnahmen in der Zukunft

Ein so starkes Online-Engagement hat nach Darstellung von Frank Daniels III für die Zeitung Konsequenzen über den Tag hinaus: „Die Herausforderung ist nicht technologischer Art. Die Herausforderung ist organisatorisch. Wir müssen die Redaktion dazu bringen, daß sie sich mit den Lesern unterhalten will, und die Anzeigenabteilung dazu, mehr zu tun, als Platzbestellungen entgegenzunehmen: Sie muß Online-Geschäftsbeziehungen in ihrer Gemeinde heranbilden."[18]

Herausforderung für alle Abteilungen

Beim NEWS & OBSERVER gehörte der enge Kontakt zu den Lesern zwar schon immer zur Unternehmensphilosophie. Der konkrete Umgang mit dem kontaktfreudigen Online-Publikum mußte jedoch erst gelernt werden. Zuerst standen jeden Tag die Namen und Telefonnummern der Redakteure in der Zeitung. Mit Start des Online-Dienstes im Februar 1994 erhielt jedes Redaktionsmitglied ein Frei-Abonnement und damit gleichzeitig vollen Zugang zum INTERNET. Im März setzten die Kommentatoren bereits ihre E-Mail-Adressen unter ihre Kommentare – zusammen mit ihren Telefonnummern.

Enger Kontakt zu den Lesern

Aus technischer Sicht war der N&O auf den Schritt in die Online-Welt gut vorbereitet. Seit 1990 hatte die Zeitung viel in ihr Archiv und in die Fortbildung ihrer Leute investiert, ein CARNET genanntes Netzwerk von 80 Personalcomputern aufgebaut, das den Zugang zu mehreren hundert Datenbanken ermöglicht. Schon während der Arbeit an CARNET fragten immer mehr Reporter nach einem Zugang zum INTERNET, um ihre Recherchen zu vereinfachen und zu verbessern. Frank Daniels III: „Je mehr wir über das INTERNET herausfanden, um so mehr sah es wie ein Ort aus, an dem unsere Zeitung überleben könnte."[19]

Was Frank Daniels III vor allem am INTERNET schätzt, ist dessen Fähigkeit, ein Gemeinschaftsgefühl herzustellen. Auf den verschiedenen Diskussionsforen und schwarzen Brettern gebe es eine Hilfsbereitschaft und eine Offenheit im Umgang miteinander, die ihresgleichen suche. Der NEWS & OBSERVER habe sich dies

Faszinierendes Gemeinschaftsgefühl

zunutze gemacht und seinen Service darauf aufgebaut. Viel zu dem guten Klima, das in der elektronischen Welt von NANDO herrsche, hätten die Redakteure und Reporter beigetragen. Da sie freien Zugang zum System von ihren Schreibtischen aus hätten, seien sie regelmäßig online, redeten mit Lesern und hülfen ihnen im Einzelfall. Die im Archiv angesiedelte Recherche-Abteilung hätte die Redaktion auch immer wieder in der Anwendung des Systems geschult und die einzelnen ermuntert, Neues zu lernen.

11 Prozent der Einwohner mit Online-Abonnement

Der Zeitpunkt für das Online-Engagement scheint gut gewählt. In nur fünf Jahren hat sich im städtischen Teil des Verbreitungsgebietes der Anteil der Haushalte, in denen es einen Computer gibt, von 26 Prozent auf 44 Prozent erhöht. Elf Prozent (!) der Einwohner haben bereits einen Online-Dienst abonniert – im Landesdurchschnitt sind es gerade einmal drei Prozent. Die Kombination von INTERNET und lokalem Dienst ermöglicht es nach Auffassung von Frank Daniels III dem NEWS & OBSERVER, in engem Kontakt mit den Lesern zu bleiben. Die elektronische Kommunikation senke eindeutig die Hemmschwelle bei der Kontaktaufnahme: „Wieviele Redakteure und Reporter können jederzeit mit Studenten, Eltern, Lehrern ins Gespräch kommen, ohne großes Aufheben darum zu machen? Im Netz kein Problem!“[20]

3.5 World Wide Web (WWW)

Wenn unter Nicht-Computerexperten heute vom INTERNET die Rede ist, dann ist damit häufig nur eines gemeint: das World Wide Web (WWW). Dieses vom europäischen Großforschungszentrum CERN in der Schweiz entwickelte System, das neben Abruf und Darstellung von Multimedia-Informationen (Text, Bilder, Audio, Video …) auch eine einfache Navigation mittels Hypertext-Links ermöglicht, ist derjenige Bereich des INTERNET, der am schnellsten wächst. Verschiedene Hersteller haben aufbauend auf der Hypertext-Markup-Language (HTML), die der bei vielen Redaktionssystemen verwendeten SGML-Pro-

Fast schon zum Synonym geworden

Datenverkehr im Internet

	E-Mail Tsd. Stück/Monat	Gopher MB/Monat	WWW MB/Monat
Nov. 92	279.000	24.744	39
Mai 93	410.700	103.870	17.298
Nov. 93	508.980	291.133	172.340
Mai 94	731.220	555.708	799.163
Nov. 94	1.007.590	867.043	3.126.195

Quelle: INTERNET-SOCIETY, Genf

grammiersprache eng verwandt ist, Software (Browser) entwickelt, die die Möglichkeiten des WWW voll ausnutzen.[21] Im WWW können Seiten graphisch ansprechend gestaltet, Fotos integriert, interaktive Formulare eingebunden werden. Datenbankabfragen sind ebenso möglich wie per Knopfdruck (Mausklick) versandte E-Mail-Nachrichten. Einer der Hauptgründe für den enormen Erfolg des WWW dürfte sein, daß die Browser mit fast sämtlichen anderen Diensten des INTERNET kommunizieren: Man kann Usenet-News-Gruppen lesen, Gopher-Server ansteuern oder Dateien übertragen (FTP), ohne das WWW-Programm zu

Graphiken ansprechend gestaltet

Verbindung zu anderen Diensten gut durchdacht

verlassen. Auch Telnet-Sitzungen sind möglich, ohne das Programm zu beenden.

Dem Erscheinungsbild der Printausgabe angeglichen

Seine enorme Flexibilität macht das WWW zur bevorzugten Plattform des INTERNET-Engagements von Zeitungen. Die meisten Verlage geben sich mit der graphischen Gestaltung der Seiten große Mühe, um einen möglichst hohen Wiedererkennungswert zu erreichen und dem Erscheinungsbild des Printprodukts nahezukommen.[22] Aufbau und Rubrikeneinteilung orientieren sich häufig an der gedruckten Zeitung. Immer öfter enthalten WWW-Zeitungen Online-typische Elemente wie Volltextrecherche, Umfragen oder Zugriff auf aktuelle Agenturnachrichten.

Wie das WWW-Engagement einer amerikanischen Zeitung aussehen kann, wurde im vorherigen Abschnitt am Beispiel des NEWS & OBSERVER bereits ausführlich dargestellt. Mittlerweile hat die WWW-Faszination auch deutsche Zeitungen erfaßt.

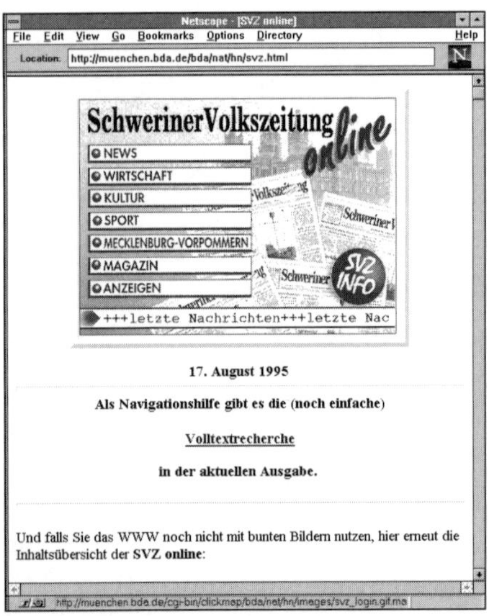

Ganz klein angefangen: der WWW-Dienst der SCHWERINER VOLKSZEITUNG

Bis Juli 1995 boten die NÜRNBERGER NACHRICHTEN (NN), die RHEIN-ZEITUNG (Koblenz), die SCHWERINER VOLKSZEITUNG (SVZ), der TAGESSPIEGEL (Berlin), die TAGESZEITUNG (TAZ, Berlin) und DIE WELT (Berlin) Inhalte an.

Die Ansätze sind dabei sehr unterschiedlich. Im August startete die SAARBRÜCKER ZEITUNG ihren Saarland-Informationsdienst. die Lokalausgabe Biberach der SCHWÄBISCHEN ZEITUNG plazierte Lokalnach-

Positive Effekte eines Online-Zuganges zum Internet

FÜR DIE REDAKTION	Umfangreiche Recherche-Möglichkeiten • Archive (Organisationen, Publikationen, Bibliotheken) • Newsgruppen • Experten • aktuelle Quellen Erfahrungsaustausch mit Kollegen • bei schwierigen Sachfragen • bei der Suche nach Experten • bei der Einschätzung von Themen • bei der Auswertung digitaler Daten Kompetenzzuwachs
FÜR DEN VERLAG	Erfahrung im Umgang mit digitalen Medien, die für alle Unternehmensbereiche genutzt werden können Imagegewinn langfristig Erschließung neuer Geschäftsfelder

richten und Regionalinformationen auf ihrem WWW-Server.

Schwerin: SVZ mit einfacher Version gestartet

Die SCHWERINER VOLKSZEITUNG ging am 5. Mai 1995 online – mit minimaler graphischer Gestaltung (nur Text, keine Fotos) und ausgewählten Inhalten der Printausgabe, ein Projekt „learning by doing", wie Andreas von Roth, seit September 1994 Leiter der Abteilung Neue Medien bei der zur BURDA-Mediengruppe gehörenden SVZ, offen zugibt: „Wir wollten gerne den Erfolg auskosten, die erste regionale Tageszeitung im Netz zu sein. Wir standen vor der Entscheidung: Setzen wir uns ins stille Kämmerlein und üben wir noch ein bißchen, oder gehen wir raus und üben in der Öffentlichkeit. Wir haben uns für letzteres entschieden, weil wir glauben, daß der Lerneffekt sowohl für uns als auch für andere Tageszeitungsverlage, die dieses Projekt beobachten, wesentlich höher ist."[23] Mittlerweile erscheint die SVZ mit einer Titelgraphik und verbessertem Layout. Eine Volltextrecherche ist möglich. Auch das mit der elektronischen Ausgabe verknüpfte Konzept des HANSENET, eines landesweiten Informationszentrums für Mecklenburg-Vorpommern, nimmt langsam Gestalt an.

TAZ: In Zusammenarbeit mit der TU Berlin verwirklicht

Die TAZ gab ihr Engagement im WWW offiziell am 12. Mai 1995 bekannt – Testausgaben waren bereits einige Wochen zuvor im Netz zugänglich. Verwirklicht wurde in Zusammenarbeit mit der TU Berlin eine automatisch ins HTML-Format konvertierte Volltextausgabe (ohne Fotos), erschlossen über ein ebenfalls automatisch erstelltes Inhaltsverzeichnis. Die TAZ dürfte weltweit die einzige Zeitung sein, die nach dem Shareware-Prinzip vertrieben wird. Das heißt konkret: Abonnementgebühren sollen auf freiwilliger Basis in selbstgewählter Höhe gezahlt werden.

DIE WELT: ab 20 Uhr des Vorabends im Volltext

Kurze Zeit nach der TAZ präsentierte sich DIE WELT im WWW – die Titelseite gestaltet mit Fotos und Graphiken, der Volltext zugänglich ab 20 Uhr des Vorabends, die Börsenschlußkurse von New York und Tokio werden nach 22.30 Uhr noch aktualisiert. Die NÜRNBERGER NACHRICHTEN brachten im Sommer 1995 ihre monatliche Computerseite online, der TAGESSPIEGEL aus Berlin Stadtinformationen und einen Veranstaltungskalender. Die RHEIN-ZEITUNG aus Koblenz experimentierte mit einer anspruchsvollen tagesaktuellen Ausgabe inklusive Fotos und Archiv-Suchfunktion. Das Problem, das sich ganz grundsätzlich allen Verlegern

Potpourri mit bundesdeutschen WWW-Anbietern

stellt, die Inhalte im WWW veröffentlichen möchten, ist das der Finanzierung. Die technischen Möglichkeiten des WWW laden zum Experimentieren ein, die Ertragsmöglichkeiten sind jedoch äußerst unklar. Momentan wird der überwiegende Teil der Inhalte für

Abonnement-Gebühr schwer durchsetzbar

die Nutzer kostenfrei angeboten. Die Konkurrenz der freien Ressourcen ist groß. Nur wenige Zeitungen, wie etwa die SAN JOSE MERCURY NEWS, konnten bislang Abonnementgebühren am Markt durchsetzen.[24] Es gibt sogar umgekehrt Beispiele, daß Zeitungen einen zunächst im Abonnement angebotenen Dienst im WWW später frei zugänglich machten.[25]

Anzeigenmarkt hart umkämpft

Die einzige alternative Einnahmequelle, die sich bietet, wenn man nicht selbst als INTERNET-Anbieter Zugänge zum Netz verkauft, sind geschäftliche Anzeigen. Dieser Markt ist hart umkämpft. Zum einen können Unternehmen – anders als im Printmarkt – sehr leicht ohne die Unterstützung der Zeitung präsent sein. Zum anderen erwächst den Zeitungen Konkurrenz in den vielbesuchten Web-Sites der Softwarehersteller wie beispielsweise NETSCAPE, der „E-Zines“ (das sind elektronische Magazine wie HOTWIRED) und der Suchmaschinen (sozusagen die „Gelben Seiten“ des WWW), die ebenfalls Anzeigenaufträge akzeptieren.

Auf keine einheitliche Zählweise geeinigt

Um für Anzeigenkunden überhaupt attraktiv zu sein, muß eine Web-Site möglichst viele Besucher pro Tag anlocken, wobei man von einer einheitlichen Zählweise bei Redaktionsschluß des Buches noch weit entfernt war. Wie die bisherige Erfahrung von US-Zeitungsverlegern zeigt, reicht die bloße Präsentation der Inhalte der Zeitung als Anreiz auf Dauer nicht aus. Online-Nutzer stellen hohe Ansprüche an die Aktualität der

Ständig neue Inhalte erwartet

präsentierten Informationen, erwarten ständig neue Inhalte und Attraktionen, legen Wert auf kommunikative Elemente, die entsprechend betreut werden müssen. Auch unter Informationsanbietern ist die Konkurrenz im WWW groß – neben Zeitungen buhlen Radiostationen, Nachrichtenagenturen, professionelle Datenbankanbieter und unabhängige Dienstleister um die Aufmerksamkeit der Netzkunden.

Eine von Besuchern hoch frequentierte Web-Site ist für Zeitungsverlage bislang nicht ohne entsprechend hohe Investitionen zu haben: Entweder muß eine WWW-Agentur mit der Betreuung beauftragt oder eigenes Personal eingestellt werden. Gerade beim Publizieren im WWW verdient die Frage der anvisierten Zielgruppe deshalb doppelte Beachtung:

- Wen soll der Online-Dienst erreichen (Personen im Verbreitungsgebiet oder internationales Publikum, Special-Interest-Nutzer oder Massenmarkt, junge Menschen oder Geschäftskunden ...)?
- Wer kann ihn tatsächlich nutzen oder wird dies in nächster Zukunft können?

Voraussetzungen für das Publizieren im WWW
Computer mit Unix-, Macintosh- (oder Windows)-Betriebssystem
Verbindung zu einem INTERNET-Provider (Adressen s. Anhang) und/oder Vertrag mit einem entsprechenden Anbieter, der die Daten auf seinem Rechner vorhält
Server-Software (z.B. Netscape, Mosaic)
Software, die das Editieren in HTML ermöglicht (einfache Programme frei über das INTERNET erhältlich)
Inhalte, die auf die anvisierte Zielgruppe zugeschnitten sind
Ideen, neue Anreize, einen Zusatznutzen zu schaffen
ein Konzept, das dem Verlagsziel entspricht
Manpower und **technische Ausstattung**, um ein ansprechendes Produkt zu gestalten, es ständig auf dem laufenden zu halten und das Publikum durch neue Entwicklungen zum Wiederkommen zu bewegen

- Ist der mit dem Online-Dienst verbundene Zusatznutzen für die Zielgruppe groß genug, um den mit der Nutzung verbundenen Aufwand zu rechtfertigen?
- Stimmt das Preis-Leistungsverhältnis?

Die wirtschaftlich erfolgreichsten Informationsanbieter im WWW wissen entweder die breite Masse der Nutzer zu fesseln[26], oder helfen dabei, die Informationsflut zu filtern (Beispiel: NEWSHOUND der SAN JOSE MERCURY NEWS, siehe Abschnitt „America Online", Seite 50). Die bislang vorgestellten, graphisch gestalteten, unmittelbar nutzbaren Online-Ausgaben sind dabei nicht die einzige Möglichkeit für Zeitungen, Dienste im WWW anzubieten. Die in Hotels weltweit verbreitete Faxzeitung der NEW YORK TIMES (acht Seiten inklusive Kreuzworträtsel, aktualisiert gegen 24 Uhr New Yorker Zeit, pro Tag etwa 150.000 Leser) beispielsweise kann man sich seit Februar 1995 kostenlos im Format des Programmes Adobe Acrobat („.pdf") auf den Rechner laden und anschließend offline lesen. Das Adobe Acrobat-Format hat den Vorteil, daß mit seiner Hilfe die gesamte Seitengestaltung inklusive Schriftarten und -größen auf jedem Computersystem angezeigt werden kann, unabhängig davon, auf welchem System das Produkt gestaltet wurde. Die zum Betrach-

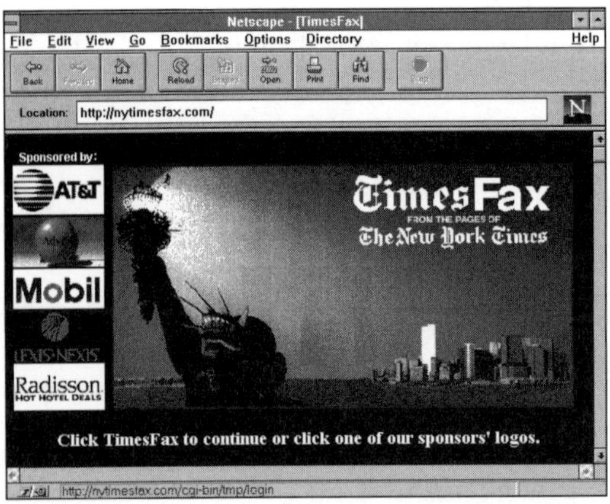

Ein Qualitätsprodukt für Hotelgäste: Die Fax-Zeitung der NEW YORK TIMES

NEW YORK TIMES: Fax-Zeitung gegen 24 Uhr aktualisiert

ten notwendige Software (Adobe Acrobat Reader) gibt es bei Bedarf kostenlos dazu. Finanziert wird diese Ausgabe durch Sponsoren. Die italienische Tageszeitung LA STAMPA vertreibt auf dem gleichen Weg eine Faxzeitung.

Interessant war auch das Experiment des DOW JONES-Unternehmens DOW VISION im Frühjahr 1995, die Datenbankausgabe des WALL STREET JOURNAL und der NEW YORK TIMES (wahlweise auch anderer DOW-JONES-Nachrichtendienste) über das WWW als Basis für eine nach eigenen Vorlieben gestaltete Zeitung zu verbreiten. Abonnenten erhielten den Inhalt der Zeitung als eine große Datei entweder per E-Mail oder auf Abruf von der WWW-Seite. Mit Hilfe entsprechender Software (Relevant der Firma ENSEMBLE) konnten diese Daten in eine nach eigenen Vorstellungen gestaltete Bildschirmzeitung verwandelt werden: Jeder Nutzer konnte entscheiden, welche Nachrichten auf der Seite Eins erscheinen, welche in einer anderen Rubrik, welche er überhaupt nicht sehen will. Das Experiment war offensichtlich erfolgreich. Seit Ende der Testphase am 12. Juni 1995 bietet DOW VISION den Dienst mit erweiterten Inhalten nur noch Unternehmen und Verlagen an – gegen eine monatliche Nutzungsgebühr von US $1.500. Das WALL STREET JOURNAL testet inzwischen eine neue interaktive Ausgabe: MONEY & INVESTING UPDATE, einen laufend aktualisierten und mit Hintergrundinformationen angereicherten Spezialdienst für Finanzinformationen.

WALL STREET JOURNAL und NEW YORK TIMES: Nach eigenen Vorlieben gestaltet

[1] NEWSBYTES NEWS NETWORK via NEWSPAGE, 27. Juni 1995.

[2] Vgl. Steve Outing: „Online Newspaper Services FAQ", 30. Juni 1995.

[3] Zu den Gründern gehörten: ADVANCE PUBLICATIONS INC.; COX NEWSPAPERS INC.; GANNETT CO. INC.; THE HEARST CORPORATION; KNIGHT-RIDDER INC; THE TIMES MIRROR CO.; TRIBUNE COMPANY und THE WASHINGTON POST CO. Diese Zeitungsverlage repräsentierten 185 Tageszeitungen. Am 8. Mai

schloß sich The New York Times Company dem Unternehmen an. Vgl. Simba Media Daily, 21. April 1995; The Wall Street Journal, 8. Mai 1995.

4 AP vom 6. Juni 1995.

5 „ONLINE-NEWS": abonnierbar bei „MAJORDOMO@MARKETPLACE.COM" ; „CARR-L" (Computer Assisted Research and Reporting-List): abonnierbar bei „LISTSERV@ULKYVM.LOUISVILLE.EDU".

6 Zum Konzept von DigiCash vgl. „Datennetze: Virtueller Silberdollar", in: Der Spiegel Nr. 10/95, S.126-128.

7 Vgl. Abschnitt „Modell ‚Lokales Informationszentrum'", Seite 93ff.

8 Beispiele von Zeitungen, die dies bereits verwirklichen oder im Sommer 1995 entsprechende Aktivitäten angekündigt hatten: The Dispatch/The Rock Island Argus, Illinois; Medina County Gazette, Ohio; News Herald Newspapers, Michigan; The News & Observer, North Carolina; Pottsville Republican, Pennsylvania; Spokesman-Review/Spokane Chronicle, Washington; Tacoma Tribune, Washington; The Times, Indiana.

9 Knight-Ridder Inc. und Landmark Communications Inc. gründeten im Juni 1995 InfiNet mit dem Ziel, Zeitungen das Aufreten als Internet-Provider zu erleichtern. Das neue Unternehmen soll das von Landmark Communications in Norfolk, Virginia, in den vergangenen 18 Monaten unter dem gleichen Namen aufgebaute Netz, in dem bereits drei Tageszeitungen publizieren, landesweit verfügbar machen. Das Joint-venture wird sich auf die technischen Aspekte des Zugangs konzentrieren, um dem im April 1995 ebenfalls unter Beteiligung von Knight-Ridder gegründeten New Century Network keine Konkurrenz zu machen.

10 Interactive Publishing Alert, 15. Juli 1995.

11 Siehe auch Kapitel „Audiotex- und Fax-Dienste als Service der Zeitung", Seite 13ff.

12 Korrekt formuliert: Der N&O richtete für die für Schüler und Lehrer kostenlosen Zugänge keine SLIP oder PPP-Verbindungen ein. Solche Verbindungen braucht man, um in WWW-Seiten eingebundene Graphiken und das Seitenlayout überhaupt sehen zu können (einige wenige Programme können Graphiken auch ohne diese Verbindungen darstellen, sind in der Regel jedoch sehr langsam). SLIP und PPP-Verbindungen sind für Internet-Provider teuer, da über sie – vor allem wegen der Graphiken – große Datenmengen transportiert werden.

[13] Gespräch mit der Verfasserin am 5. Juli 1994 in Raleigh.

[14] Vgl. Fußnote 12.

[15] Vgl. dazu auch den nächsten Abschnitt.

[16] E-Mail an die Verfasserin vom 26. Juli 1995.

[17] Ebd.

[18] Stellungnahme beim Zeitungskongreß „Connexions X" der NEWSPAPER ASSOCIATION OF AMERICA am 27. Juni 1995 in Atlanta, Georgia, zit. nach NEWSBYTES NEWS NETWORK via NEWSPAGE, 27. Juni 1995, 15 Uhr.

[19] Gespräch mit der Verfasserin am 5. Juli 1994 in Raleigh.

[20] Ebd.

[21] Multimediafähige Browser für die verschiedenen Computersysteme sind z.B. Netscape, Mosaic, Cameleon, Cello; ein einfacher, textorientierter Browser ist Lynx.

[22] Bei der Gestaltung wird allerdings oft nicht berücksichtigt, daß die Seiten abhängig von der vom Nutzer verwendeten Software sehr unterschiedlich aussehen können. Außerdem darf man den Anteil der Nutzer nicht unterschätzen, die aufgrund langsamer Datenleitungen auf die Darstellung von graphischen Elementen ganz verzichten. Graphiken über eine herkömmliche Modemverbindung von 14.400 Baud zu betrachten, kann ein äußerst mühsames Unterfangen sein.

[23] Interview mit der Verfasserin, in: DIE ZEITUNG Nr. 6/95.

[24] Zum WWW-Engagement der SAN JOSE MERCURY NEWS vgl. Abschnitt „America Online / Bertelsmann Online", Seite 50ff.

[25] Beispiel COLORADO SPRINGS GAZETTE TELEGRAPH: Der von September 1994 ab nur Abonnenten zugängliche WWW-Service ist seit Juni 1995 frei.

[26] Beispiel: Das elektronische Magazin HOTWIRED. Im April 1995 kostete dort eine Anzeige für vier Wochen US $15.000.

Elektronische Archive sind nicht nur für die Arbeit der Redaktion wertvoll, sie lassen sich auch erfolgreich vermarkten – entweder in Eigenregie oder mit der Unterstützung professioneller Datenbankanbieter. Recherchedienste können das Angebot ergänzen.

Kapitel 4 Das Zeitungsarchiv – elektronisch vermarktet

Einer der wichtigsten Schritte auf dem Weg in die Vermarktung digitaler Produkte ist für Zeitungen der Aufbau eines elektronischen Archivs. Experten auf dem US-Zeitungskongreß „Nexpo 1995", der im Juni 1995 in Atlanta stattfand und dem Thema „Archiv" ein eigenes Forum widmete, nannten die Entwicklung einer Plattform zum Speichern und Abrufen von Information „essentiell" für das künftige Wachstum der Branche. Für Peter Ickes von der Firma INTEGRATED SYSTEMS SOLUTIONS CORP., New York, ist „Archivierung zur Zeit der vermutlich dynamischste Teil des Marktes, wenn man den Grad des Interesses und der von Verlagen entwickelten Aktivitäten zugrunde legt".[1] Auch kleinere Verlage in den USA schauen sich derzeit nach geeigneten Archivsystemen um – zunehmend wird der Wert lokaler Text- und Bildinformationen erkannt.

Den Wert lokaler Informationen erkennen

In jedem Fall erscheint es sinnvoll, sich vor der Einführung über Zweck und künftige Nutzung eines solchen Systems Gedanken zu machen. Für die Redaktion liegt der Nutzen auf der Hand: schneller Zugriff auf die eigenen Daten, ohne die Notwendigkeit, Papierberge zu durchwühlen. Darüber hinaus kann das

Schnell auf eigene Daten zugreifen

Geschäfts- und Privatkunden spezielle Wünsche erfüllen

Archiv einer Regionalzeitung aber noch für mindestens zwei andere Gruppen interessant sein:

- Geschäftskunden, die spezielle Informationen aus einer Region suchen;
- Privatkunden, die Artikel nachschlagen oder Vorgänge recherchieren wollen.

Um die Bedürfnisse der ersten Nutzergruppe zu befriedigen, bietet sich für Zeitungen die Zusammenarbeit mit einem professionellen Datenbankanbieter (Host) an. In den USA stehen Zeitungen hierfür vor allem die Dienste von KNIGHT-RIDDER (DIALOG, DATASTAR) und LEXIS/NEXIS zur Verfügung. Auch REUTERS hat Zeitungsquellen in seinem Informationsangebot. Diese Datenbankanbieter sind derzeit allerdings kaum an der Vermarktung deutscher Regionalzeitungen interessiert.[2]

4.1 Zielgruppe Geschäftskunden

Deutsche Anbieter: GBI und GENIOS

In Deutschland gibt es zwei Datenbankanbieter, die bereits mit Regionalzeitungen kooperieren und an einer weiteren Zusammenarbeit interessiert sind: die in München ansässige GBI (GESELLSCHAFT FÜR BETRIEBSWIRTSCHAFTLICHE INFORMATION MBH) und in Frankfurt die zur HANDELSBLATT-Gruppe gehörenden GENIOS WIRTSCHAFTSDATENBANKEN. Beide Hosts sind (unter anderem) Anbieter von Volltext-Pressedatenbanken, die vor allem von Banken, Clippingdiensten, Unternehmensberatern, Industrie, Medien, Dienstleistungsunternehmen aller Art sowie akademischen Institutionen genutzt werden. Die Kunden treffen eine feste Nutzungsvereinbarung mit dem jeweiligen Host und können dann gegen eine Grundgebühr und zeitabhängige Anschaltzeiten über DATEX-P-Verbindungen in den Datenbanken recherchieren. Im Fall von GE-

Nutzungsvereinbarung: Grundgebühr und Anschaltzeiten

NIOS ist die Nutzung der Datenbanken der AUSTRIAN PRESSE AGENTUR (APA) eingeschlossen. Für jedes tatsächlich abgerufene Dokument wird eine gesonderte Gebühr erhoben. Kooperierende Verlage erhalten in der Regel 50 Prozent des auf diese Art durch ihre Daten generierten Umsatzes. Beide Hosts werben mit „vier- bis fünfstelligen Erträgen vom ersten Monat an". Die Verträge mit den Datenbankanbietern sind im Normalfall nicht exklusiv. Im Sommer 1995 boten beispielsweise die STUTTGARTER ZEITUNG, die SÜDDEUTSCHE ZEITUNG und die FRANKFURTER RUNDSCHAU ihre Inhalte auf beiden Plattformen an.

Voraussetzung: Konversion in reinen Text

Damit die Hosts die Zeitungsdaten in ihre Datenbanken einspeisen können, müssen sie in elektronischem Format vorliegen – in der Regel als reiner (ASCII-)Text. Bei der Konversion der Formate aus den üblichen Redaktionssystemen leisten die Hosts gegebenenfalls Hilfestellung.[3] Wieviel Aufwand die Zeitungen in die Aufbereitung (Indexierung) ihrer Daten investieren wollen, bleibt ihnen selbst überlassen: Einige Zeitungsdatenbanken enthalten nur den reinen Text der jeweiligen Ausgabe, andere zusätzlich noch Suchkriterien und Einordnungshilfen. Für viele Geschäftskunden ist die Aktualität der Informationen der entscheidende Faktor – bei großen Zeitungen wird deshalb die tagesaktuelle Ausgabe „roh" an den Datenbankhost überspielt, die indexierte Fassung folgt im Abstand von bis zu drei Tagen.

Aktualität entscheidend: Erst „Roh-Fassung", dann Index

Es ist ein verbreitetes Mißverständnis, daß Zeitungen, die ihre Daten einem Host zur Vermarktung überlassen, die Kontrolle über ihr elektronisches Archiv aus der Hand geben. Die Rechte an dem Material bleiben in vollem Umfang beim Zeitungsverlag. Beide Hosts bieten den Zeitungen allerdings an, das Archiv für sie zu führen. Das eigene Material kann dann kostenlos oder

Kontrolle: Rechte bleiben bei der Zeitung

Datenbanken

	GBI (Gesellschaft für betriebswirtschaftliche Information mbH)	GENIOS Wirtschaftsdatenbanken
Adresse	Postfach 81 03 60 81903 München	Postfach 10 10 65 60010 Frankfurt a.M.
Kontakt	Ruth Göbel Tel.: 0 89/9 57 00 64 Fax: 0 89/9 57 42 29	Reinhold Gokl Tel.: 0 69/9 20 19-1 01 Fax: 0 69/29 56 27
Tageszeitungs-datenbanken (Volltext)	• DIE TAGESZEITUNG • FRANKFURTER ALLGEMEINE ZEITUNG • FRANKFURTER RUNDSCHAU • NEUE ZÜRCHER ZEITUNG • OBERÖSTERREICHISCHE NACHRICHTEN • STUTTGARTER ZEITUNG • SÜDDEUTSCHE ZEITUNG	• BERLINER ZEITUNG • FRANKFURTER RUNDSCHAU • GENERAL-ANZEIGER, Bonn • HANDELSBLATT • RHEIN-ZEITUNG, Koblenz, mit allen Teilausgaben • STUTTGARTER ZEITUNG • SÜDDEUTSCHE ZEITUNG • TAGESSPIEGEL • WALL STREET JOURNAL EUROPE

zu günstigen Konditionen genutzt werden, die anderen Datenbanken des Hosts entsprechend nach Vereinbarung. Dies kann im Einzelfall für eine Zeitung tatsächlich günstiger sein als Aufbau und Pflege eines eigenen Archivs im Haus. Die individuell jeweils beste Lösung muß jeder Verlag für sich selber finden.

4.2 Zielgruppe Privatkunden

Die allermeisten Presse-Volltextdatenbanken von GBI und GENIOS sind nicht nur im Abonnement über DATEX-P recherchierbar sondern zusätzlich über

T-Online, den Bildschirmtextdienst der Deutschen Telekom. Dieses Angebot geht über die professionelle Nutzung hinaus und wendet sich an Privatleute – eine ganz andere Zielgruppe. Zwar kann man in dieser Zielgruppe durchaus neue Nutzer für Zeitungsarchive gewinnen, ohne das „professionelle" Geschäft mit den Geschäftskunden zu kannibalisieren – der Erfolg der Newspaper Library der San Jose Mercury News im Computernetzwerk America Online kann hier als Beispiel dienen –, nur sollten Verlage sich genau überlegen, wie sie einen entsprechenden Dienst organisieren. Wenn ein Mausklick auf das Symbol einer Zeitung oder die Eingabe einer Auswahlnummer in T-Online direkt zur Leitseite eines Datenbankanbieters führt, wird ein Teil einer möglichen Kundenbindung verschenkt. Nur wenige Zeitungen nutzen bislang die Alternative, ihr Archiv unter ihrem eigenen Namen zu vermarkten. Dabei ist es nicht allzu aufwendig, um das Host-Angebot herum einen Rahmen zu gestalten, der dem Nutzer weitergehende Informationen zur Zeitung anbietet. Dies können Fakten sein (Auflage, Reichweite, Telefonnummern der einzelnen Abteilungen) oder auch die Einladung zu einem Probeabonnement, zum Blättern in Kleinanzeigen, ein Gewinnspiel oder einfach nur die Möglichkeit, einen Leserbrief zu schreiben.

Neue Nutzer gewinnen

Unter eigenem Namen vermarkten

Zeitungen, die sich zum Aufbau eines eigenen elektronischen Archivs entschließen, stehen weitere Optionen offen. Der News & Observer aus Raleigh, North Carolina, betrachtet sein Archiv als Profit-Center. Eine eigene Rechercheabteilung hat Zugang zu allen Datenbanken und akzeptiert neben Anfragen der Redaktion auch Aufträge aus Politik und Wirtschaft. Das so gefundene Wissen kommt den Auftraggebern und gleichzeitig dem Archiv der Zeitung zugute. Die redaktionelle Notwendigkeit, immer über den Stand

Für Politik und Wirtschaft recherchieren

aller Gesetzesvorhaben und Abstimmungen im Parlament Bescheid zu wissen, hat der NEWS & OBSERVER in ein kommerzielles Produkt verwandelt. Die Fax-Zeitung THE INSIDER, die täglich über Sitzungen und Abstimmungen in Regierung und Parlament informiert, ist finanziell ein Erfolg. Auch die Wiederverwendung von in der Zeitung abgedrucktem Material ist durch die Archivierung möglich. Der N&O vertreibt beispielsweise ein Buch mit Zitaten des Senators Jesse Helms, publiziert Poster von Artikeln, die als Serie veröffentlicht wurden, oder einen Wirtschaftsführer durch sein Verbreitungsgebiet. Bei der STAR TRIBUNE aus Minneapolis/St. Paul in Minnesota macht das Archiv den Fax-Service mit regionaler Wirtschaftsinformation erst möglich.

Zeitungsinhalte in Büchern nachdrucken

Patentrezepte für den Aufbau von Zeitungsarchiven gibt es aus technischer Sicht nicht. Die Wahl der Software sollte der Verlag vom Zweck seines Archivs abhängig machen:

Die Software nach dem Zweck auswählen

- Soll es ein reines Textarchiv, ein Bildarchiv oder eine Kombination von beiden sein?
- Soll es auch Quellen dokumentieren oder nur ein exaktes Abbild der gedruckten Zeitung sein?
- Ist es in erster Linie als internes Informationssystem gedacht?
- Sollen die Inhalte an einen professionellen Datenbankhost weitergegeben werden?
- Hat die Zeitung weitergehende Pläne (Online-Dienst)?
- Ist das ins Auge gefaßte System flexibel genug, auf neue technische Entwicklungen und Wünsche von Kunden zu reagieren?

Die Realisierung ist in jedem Fall sowohl mit kommerziell erhältlichen Datenbankprodukten möglich, als auch mit frei erhältlicher Software. Kommerzielle

Produkte haben den Vorteil, daß eine Komplettlösung angeboten wird. Inhouse-Produktionen können meist leichter an veränderte Bedingungen angepaßt werden.

[1] Vgl. NEXPO95 DAILY NEWS, Online Edition, Atlanta, 15. Juni 1995.

[2] Umfrage der Verfasserin; Stand Juni 1995.

[3] Die Konversion von Daten aus Atex und Cicero-Systemen bereitet in der Regel keine größeren Probleme. Für die speziellen Schwierigkeiten, die sich bei der Umwandlung von QuarkXpress-Daten ergeben, hat GENIOS ein spezielles Programm entwickelt, das kooperierenden Verlagen entweder gegen Verrechnung des Umsatzes überlassen wird oder auch gekauft werden kann.

Kleinanzeigen finden in den Datennetzen bereits reges Interesse. Geschäftskunden hingegen halten sich noch zurück. Wie mit virtueller Werbung Gewinne gemacht werden können, wird deshalb heftig diskutiert.

Kapitel 5 Anzeigen – das wirtschaftliche Fundament

19 Prozent der amerikanischen Zeitungsverleger und leitenden Redakteure glauben, daß sich Online-Dienste innerhalb der nächsten fünf Jahre zu ihren schärfsten Konkurrenten auf dem Anzeigensektor entwickeln werden.[1] Gegenüber dieser Prognose ist sicherlich Skepsis angebracht. Zum einen lassen sich amerikanische Verhältnisse nicht unbesehen auf den viel kleinräumigeren europäischen Markt übertragen. Zum anderen ist der Online-Anzeigenmarkt derzeit auf die aktiven Nutzer von Computern beschränkt – ein sehr kleines Marktsegment.

Online-Markt auf PC-Nutzer beschränkt

Computer verändern jedoch bereits jetzt Arbeitsabläufe innerhalb der Zeitungsverlage ebenso wie den Umgang mit und die Form von Anzeigen. Man denke nur an die digitale Übermittlung von Druckunterlagen für Tageszeitungsanzeigen, wie sie die REGIONALPRESSE, die Marketingorganisation der regionalen Abonnementzeitungen, seit September 1994 in einem Modellprojekt mit 80 ausgewählten Zeitungen erprobt oder die OBERÖSTERREICHISCHEN NACHRICHTEN aus Linz via Mailbox schon länger im kleinen praktizieren. Man denke an Bemühungen zur Vereinfachung von Anzeigen-Buchungsverfahren, wie im September 1994 gestartete Projekt NATIONAL NEWSPAPER NETWORK (NNN) der NEWSPAPER ASSOCIATION OF AMERICA, das Werbeagenturen die Schaltung einer Anzeige in 700 Zeitungen (Gesamtauflage: 44 Millionen) mit einem einzigen Auftrag ermöglicht[2] – ohne digitalen Datenaustausch ein nahezu undurchführbares Unterfangen. Man denke auch an Datenbank-Marketing, das Zeitungen ein immer genaueres Eingehen auf spezielle Bedürfnisse und Wünsche von Anzeigenkunden ermöglicht.[3]

Anzeigenschaltung durch Datenaustausch vereinfacht

Die elektronischen Zusatzdienste zur gedruckten Zeitung eröffnen Zeitungsverlagen und Anzeigenkunden nun nochmals neue Möglichkeiten. Da die meisten Anzeigenkunden – wie ja der Großteil der Zeitungen auch – bislang allerhöchstens „die digitale Pubertät erreicht" haben, auf lokaler Ebene sogar „noch Säuglinge und Neugeborene" sind[4], ist Kreativität gefragt. Beispiele für die Zusammenarbeit mit Inserenten im Bereich der Audiotex- und Fax-Dienste wurden bereits angesprochen.[5] In noch krasserer Form stellt sich die Frage nach Form und Gestaltung von Anzeigen bei den Online-Medien.

5.1 Kleinanzeigen

Bei Kleinanzeigen und Stellenanzeigen ist die Situation vergleichsweise eindeutig. Wie die bisherigen Erfahrungen von Zeitungen mit Online-Diensten zeigen, gibt es für diese Informationen einen Markt. Wer gezielt auf der Suche nach bestimmten Produkten oder Dienstleistungen ist, akzeptiert dankbar ein System, das ihm das mühsame Blättern durch Bleiwüsten erspart. Die NEW YORK TIMES bietet ihre sonntäglichen Immobilien und Automobilinserate ab Samstagabend über AMERICA ONLINE an. Auf der WWW-Seite von

Markt für Kleinanzeigen

MERCURY CENTER der SAN JOSE MERCURY NEWS ist der „größte Stellenmarkt in Silicon Valley" ein voller Erfolg: Man kann durch die einzelnen Kategorien blättern oder sich gezielt Angebote herausfiltern. Fast in jedem lokalen BBS gibt es Rubriken wie „Biete" und „Suche".

Noch werden die meisten Anzeigen für die Veröffentlichung im Printprodukt bezahlt und zusätzlich online publiziert. Ausschließlich für eine Online-Veröffentlichung vorgesehene Anzeigen können häufig kostenlos aufgegeben werden – entsprechende Eingabeformulare gibt es in vielen Variationen. Die Frage ist, ob und wie es Zeitungen gelingen kann, diese Dienstleistung langfristig bezahlt zu bekommen. Das australische Kleinanzeigenblatt COMMERCIAL DYNAMICS hat für sich bereits eine Lösung gefunden: Sämtliche Anzeigen aus dem Printprodukt finden sich kostenlos im INTERNET – ohne Telefonnummern. Wer die wissen will, muß zahlen.[6]

Zusätze zum reinen Text

Es ist unschwer vorstellbar, daß digitale Kleinanzeigen langfristig auf reinen Text beschränkt bleiben. Ganz im Gegenteil – mit relativ wenig Aufwand lassen sich Fotos, Beschreibungen, bei Bedarf sogar Videos einbinden – selbstverständlich auch E-Mail-Nachrichten oder Bestell- und Reservierungssysteme (Blumen, Pizza, Mietwagen …). Hier gibt es bereits Beispiele (TICKETMASTER oder Reisebüro der CHICAGO TRIBUNE auf AMERICA ONLINE), die auf tiefgreifende Veränderungen hinweisen: Zeitungen verlassen ihre Mittlerrolle und werden selbst zu einem integralen Bestandteil des Verkaufsprozesses.

Der Teil des Online-Anzeigenmarktes, der auf die konkrete Befriedigung vorhandener Bedürfnisse zielt, wird in Zukunft hart umkämpft sein. Spezialfirmen und Informationsdienste (Gebrauchtwagen, Stellenmarkt,

Chance für Anzeigenblätter

Immobilien, „Gelbe Seiten") versuchen hier Fuß zu fassen. Auch Anzeigenblätter werden über kurz oder lang online aktiv werden. Im traditionell nichtkommerziellen Usenet-Bereich des INTERNET existieren seit langem private Kleinanzeigenmärkte, beispielsweise für den An- und Verkauf von Computer(teile)n oder für den Wohnungsmarkt.

5.2 Geschäftliche Anzeigen

Kundenwünsche noch zu unklar

„Wenn wir einmal besser wissen, was die Kunden von Online-Diensten eigentlich wollen, können wir auch Inserenten besser einbeziehen." Mit diesem leicht pessimistischen Statement brachte Peggy Rinne, Vizepräsidentin von TIMES INFORMATION SERVICE der SEATTLE TIMES, beim NAA-Zeitungskongreß „Connexions X" auf den Punkt, was Zeitungsverleger mit Online-Ambitionen weltweit mit Sorge betrachten: Potentielle Inserenten stehen keineswegs Schlange, um in Online-Diensten von Tageszeitungen für ihre Produkte zu werben. Im Juni 1995 erwirtschaftete beispielsweise das BBS der SEATTLE TIMES nicht einmal 20 Prozent seiner Einnahmen durch Anzeigenerlöse – 80 Prozent kamen von Abonnements. Ein Verhältnis von 50 zu 50 wird in den nächsten fünf Jahren angestrebt.

Zurückhaltende Inserenten

„In diesem Entwicklungsstadium müssen die Verleger einen Dienst bereitstellen, um den Bedarf zu wecken", fordert deshalb der britische Marketingexperte Jim Chrisholm.[7] Erfolg könnten Zeitungen seiner Ansicht nach sowohl mit breit angelegten Publikumsattraktionen (Beispiel: ein Online-Dienst für Irland-Fans, der weltweit 44 Millionen Menschen irischer Abstammung zu Käufen bei Inserenten veranlassen könnte) als auch mit eng ausgelegten Spezialangeboten haben, wie es die dänische Zeitung POLITI-

Vielversprechende Nischen

KEN mit ihrem Club für computerbegeisterte Leser seit Jahren vormache.

Was die Skepsis der Geschäftsleute gegenüber geschäftlicher Werbung im Online-Bereich wachhält, sind vor allem drei Dinge:

Problem: Ungeprüfte Reichweite

- Es gibt bislang kein Verfahren, um Reichweite und Wirksamkeit von Online-Anzeigen wirksam zu messen;
- Online-Surfer, insbesondere im INTERNET, gelten als werbefeindlich und konsumscheu;
- die bisher entwickelten Anzeigenformen überlassen dem Nutzer weitgehend die Kontrolle über das, was er sieht. Das „Wecken von Bedürfnissen beim ersten Blickkontakt" ist nicht möglich.

Diese Kritikpunkte gelten nicht uneingeschränkt:

Objektive Meßverfahren angekündigt

- Im Sommer 1995 hatten bereits mehrere Firmen die Entwicklung objektiver Meßverfahren für Anzeigenkontakte, -akzeptanz und -nutzung angekündigt, die sich mit den Meßverfahren für die traditionellen Medien messen lassen können sollen.[8]
- Der Weltumsatz für den Handel via World Wide Web (WWW) wurde von Marktforschern bei Redaktionsschluß des Buches zwar nur auf rund 200 Millionen Dollar eingeschätzt – jedoch mit stark steigender Tendenz. Für den geringen kommerziellen Erfolg macht Michael Strangelove, Verleger des INTERNET BUSINESS JOURNAL und Autor des Buches „How to Advertise on the INTERNET", die geringe Erfahrung der Werber mit der Kultur des INTERNET verantwortlich – wer darauf eingehe, könne das Netz sehr wohl erfolgreich als Werbemedium nutzen.[9] Hemmend auf den Umsatz wirkt sich die noch herrschende Unsicherheit bei der Datensicherheit aus: Kreditkartenorganisationen arbeiten mittlerweile zusammen, um einen gemeinsamen Sicherheitsstan-

Steigende Umsätze

Sicherheitsstandards angestrebt

dard für Kreditkartentransaktionen im INTERNET zu schaffen. Andere Firmen, wie zum Beispiel das niederländische Unternehmen DIGICASH, entwickeln alternative Bezahlungsmethoden, die den Transfer von Kreditkartendaten überflüssig machen sollen.[10]

Tiefergehende Informationen

Spielerische Werbung

- Daß es im Online-Bereich weitgehend den Konsumenten überlassen bleibt, welche Werbung sie sehen wollen, hat nicht nur Nachteile. Es ermöglicht Firmen, für Interessenten sehr viel tiefergehende Informationen bereitzustellen, als dies in anderen Medien möglich ist, und diese Informationen ständig aktuell zu halten. Dies kann – richtig eingesetzt – zu einer sehr viel stärkeren Kundenbindung führen. Erfolgreiche Werbung in Datennetzen scheint darüber hinaus ein generelles Umdenken zu erfordern: Die Interaktion muß im Vordergrund stehen. Erfolgreiche Werbungtreibende im World Wide Web (WWW) boten im Sommer 1995 den Besuchern ihrer Seiten neben reiner Information auch spielerische und unterhaltende Elemente.

Aus der generellen Debatte über die Möglichkeit oder Unmöglichkeit von Anzeigen im INTERNET und den Erfahrungen mit den bisher praktizierten Werbemodellen lassen sich einige Schlüsse ziehen, die für Zeitungsverlage mit Online-Ambitionen interessant sein könnten.

Sehr deutlich zeichnet sich ab, daß die (derzeitigen) Kunden in Online-Systemen mit als aufdringlich empfundener geschäftlicher Werbung nicht zu erreichen sind. Dies führte im Fall des kommerziellen Computernetzes PRODIGY dazu, daß die Betreiber mit Einführung eines neuen Designs ab Juli 1995 auf die bis dahin praktizierte Bannerwerbung auf jeder Bildschirmseite verzichteten. Werbung ist jedoch weiterhin möglich. So verkauft PRODIGY beispielsweise Positionen auf seiner Best of the Net-Liste, die Nutzer sehen können, wenn sie von PRODIGY aus ins INTERNET gehen. Bei Ankündigung dieses Dienstes waren Preise von US $250 bis $1.000 pro Woche im Gespräch, Platz eins auf der Liste sollte US $4.000 kosten.

Auch online attraktives Werbeumfeld schaffen

Prinzipiell eröffnet das INTERNET Geschäftskunden die Möglichkeit, unter Umgehung von „Mittlern" wie den Online-Produkten von Tageszeitungen ihre Kunden im Clickstream – so nennen Werber das WWW – direkt zu erreichen. Dennoch werden Anzeigenkunden vermutlich nicht darauf verzichten, in einer für ihre potentielle Klientel interessanten Umgebung zu inserieren. Zeitungen können eine solche Umgebung auf zweierlei Weise schaffen: entweder durch einen stark frequentierten Dienst, der für Nutzer dann allerdings meist kostenlos zugänglich ist (Beispiel: das elektronische Magazin HOTWIRED), oder durch einen Special-Interest-Dienst, der eine für den Anzeigenkunden besonders interessante Zielgruppe anspricht. Hier liegen möglicherweise Chancen für einen Online-Dienst mit regionalem Schwerpunkt, wie ihn Zeitungen verwirklichen können.

Zeitungen müssen Pionierarbeit leisten

Weil Online ein so vergleichsweise neues Medium ist, ist das Wissen um die Gestaltungs- und Einsatzmöglichkeiten noch gering. Zeitungen müssen hier eventuell Pionierarbeit leisten, sowohl ihre Anzeigenvertreter, als auch die lokale Geschäftswelt im Umgang mit dem neuen Medium schulen, eventuell auch konkret bei der Umsetzung helfen. Die meisten Zeitungen mit WWW-Präsenz erstellen gegen entsprechende Bezahlung Homepages für ihre Anzeigenkunden. Dabei kann es nicht darum gehen, um jeden Preis Geschäfte abzuschließen. So paradox es klingt: Zu erfolgreiche Werbung im INTERNET könnte lokale Geschäftsleute sehr schnell vor Probleme stellen. Die wenigsten Unternehmen sind darauf eingerichtet, Online-Bestellungen entgegenzunehmen und zu bearbeiten. Lediglich der Versandhandel dürfte sich schnell umstellen können. Umgekehrt sollte man keine falschen Hoffnungen wecken: Umsätze lassen sich zur Zeit wohl nur erzielen, wenn die anvisierte Zielgruppe bereits online ist. Inserate des örtlichen Computerhändlers oder eines Musikgeschäfts dürften in einem lokalen Dienst mehr Aufmerksamkeit auf sich ziehen als ein Inserat der teuren Modeboutique.

Prädestinierte Zielgruppen

Eine Möglichkeit für Zeitungen, eventuell auch mit schmalem Budget aufwendigere Online-Projekte zu verwirklichen (interaktive Spiele zum Beispiel, aktuelle Börsenkurse), ist die Zusammenarbeit mit Sponsoren. Nutzer sind nach den bisherigen Erfahrungen durchaus bereit, gelegentliche Werbebotschaften zu akzeptieren, wenn sie im Gegenzug einen interessanten Service erhalten. In den USA kann man auf diese Weise zum Beispiel ein täglich per E-Mail zugestelltes Fernsehprogramm erhalten. Nutzer von NEWSPAGE, einem aus vielen Quellen zusammengestellten, nach Fachgebieten geordnetem Wirtschaftsinformationsdienst auf dem WWW, können sich die Grundgebühr des Abonnements von US $2.95 sparen, wenn sie sich bereit erklären, ab und zu Werbebotschaften zu angegebenen Interessengebieten zu erhalten. Schon kurz nach Einführung am 12. Juli 1995 machten mehrere tausend Menschen von diesem Angebot Gebrauch.

Kooperative Sponsoren

Gesparte Gebühren

[1] Befragt wurden 854 Verleger, leitende Redakteure und Anzeigenleiter, vgl. REUTERS BUSINESS REPORT (U.S.) via NEWSPAGE, 8. Juni 1995, 17.59 Uhr.

[2] Wie Cathleen Black, Präsidentin und Geschäftsführerin der NAA, bei der „Nexpo 1995" in Atlanta bekanntgab, hat das NNN innerhalb eines Jahres den Zeitungen einen zusätzlichen Anzeigenumsatz von

US $20 Millionen eingebracht. Vgl. NEXPO95 DAILY NEWS, Online Edition, 27. Juni 1995, „State of the industry is strong".

[3] Dies kann zum Beispiel ein passgenaueres „zoning" sein – beim DAILY OKLAHOMAN (Oklahoma City, Auflage: rund 205.000 Exemplare) können Inserenten statt unter nur 43 Postleitzahl-Zonen unter 271 Micro-Zonen für die Verbreitung ihrer Werbebeilagen wählen – ein Zugeständnis an kleine Einzelhändler, die nur ihre Nachbarschaft erreichen wollen. Vgl. NEXPO95 DAILY NEWS, Online Edition, 26. Juni 1995.

[4] So Hilary Schneider, Direktorin der Abteilung „Neue Medien" bei der BALTIMORE SUN, bei einer Diskussion auf dem Zeitungskongreß „Connexions X" am 23. Juni 1995 in Atlanta.

[5] Siehe Abschnitt „Geschäftliche Werbung" im Kapitel „Audiotex- und Faxdienste als Service der Zeitung", Seite 20f.

[6] Vgl. NEXPO95 DAILY NEWS, Online Edition, 26. Juni 1995, „Breakfast serves hot food, hotter ideas".

[7] Vortrag bei der „Pira Electronic Newspaper Conference" am 22. Februar 1995 in London.

[8] So etwa NEW CENTURY MEDIA; DIGITAL PLANET CORP. (NetCount); beide Firmen nahmen im Sommer 1995 für sich in Anspruch, ein Äquivalent zu den „Nielsen-Ratings" zu entwickeln.

[9] Als Negativbeispiel ging 1994 der Fall von Laurence Canter und Martha Siegel um die Welt, die im April 1994 ein Inserat für ihren Rechtsberatungsdienst für Einwanderer an etwa 6.000 Usenet-Gruppen geschickt hatten. Diese als „spamming" bezeichnete Vorgehensweise führte zu einer in den Medien vielbeachteten Protestwelle unter den INTERNET-Nutzern, die den Wert des INTERNET als Medium für Werbetreibende insgesamt in Frage stellte.

[10] Zum Konzept von DIGICASH vgl. „Datennetze: Virtueller Silberdollar", in: Der Spiegel Nr. 10/95, S.126-128.

Noch können die Verlage es sich leisten, mit den neuen Medien zu experimentieren. Vielleicht werden Online-Dienste unsere Gesellschaft grundlegend verändern. Vielleicht verschwinden sie aber auch in der Versenkung wie der CB-Funk der 70er Jahre.

Kapitel 6 Ausblick

Cathleen Black, Präsidentin und Geschäftsführerin der NEWSPAPER ASSOCIATION OF AMERICA, brachte in ihrer Eröffnungsansprache zur „Nexpo95" in Atlanta die Herausforderung der neuen Medien für Zeitungsverlage auf den Punkt: „Die Technologie hat uns ein Angebot gemacht, das wir nicht ausschlagen können. Wenn wir den neuen Medien eine Chance geben, und es führt zu nichts, dann haben wir es wenigstens versucht. Wir sind stark genug, das zu überleben. Aber wenn wir die Möglichkeiten der neuen Medien nicht ausloten, und das ganze wird ein Erfolg, dann sind wir tot."[1]

Das Angebot der Technologie

Gerade weil es für elektronische Zusatzprodukte zur Zeitung derzeit noch keinen Massenmarkt gibt, weil nur eine begrenzte Anzahl von Menschen Zugang zu entsprechenden Geräten und zugleich das nötige Knowhow haben, können Zeitungen jetzt noch experimentieren. Robert Ingle, Vizepräsident für Neue Medien bei KNIGHT-RIDDER und vordem verantwortlich für den Aufbau von MERCURY CENTER der SAN JOSE MERCURY NEWS, sieht hier eine große Chance: „Die Lektionen, die man lernt, wenn man tatsächlich elektro-

Die Chancen des kleinen Marktes

nisch publiziert, lassen sich durch nichts ersetzen. Man muß verstehen, daß diese Dienste dreimal am Tag abstürzen und daß man dann jemanden rufen muß, der das in Ordnung bringt."[2]

Neue Medien verändern die Regeln

Wohin sich die Online-Dienste entwickeln werden, ist noch nicht absehbar. Vielleicht wird die weltweite Begeisterung für das INTERNET ebenso schnell wieder abflauen wie das Interesse an CB-Funk nach dem Boom in den 70er Jahren; vielleicht handelt es sich hier wieder um eine Technik auf der Suche nach einer Anwendung, die keinen Massenmarkt finden wird. Möglicherweise wird dieses neue Medium aber auch sämtliche Regeln der Gesellschaft verändern, wie es nach Einschätzung von Neil Postman jedes wirklich neue Medium seit der Einführung der Druckerpresse getan hat.[3] Diese Entwicklung hält im übrigen INTERNET-Experte Howard Rheingold für die wahrscheinlichste: „Das eigentlich wichtige an den neuen Technologien, die gerade entstehen, ist, daß die Leute wieder miteinander kommunizieren. Das ist eine Geschichte, über die nichts im Fernsehen kommt und über die man nichts in den Zeitungen liest."[4]

Der Aufschwung der Kommunikation

Der Einstieg in digitale Medien ist für Zeitungen neben der publizistischen, ökonomischen und technischen nicht zuletzt auch eine organisatorische Herausforderung. Während es noch vergleichsweise einfach sein mag, Daten für den Veranstaltungskalender einer Region statt in eine Textdatei in ein Datenbankformular einzugeben, sieht es beim Umgang mit den Lesern/Kunden möglicherweise sehr schnell anders aus: Welche Tageszeitungsredaktion ist heute darauf vorbereitet, täglich 300 Leserbriefe zu beantworten?

Die Flut der Leserbriefe

Offen ist noch eine Fülle von Rechtsfragen, angefangen von der Deregulierung des Telekommunikationsmarktes über urheberrechtliche Aspekte bis hin zu der

Frage, ob die neuen elektronischen Zusatzdienste zur Zeitung letztlich unter das Rundfunkrecht fallen sollen oder nicht. Allen voran wehren sich die Zeitungsverlage gegen solche Pläne. Für Regionalzeitungen ist diese Frage von existentieller Bedeutung. Wenn diese Dienste dem Geltungsbereich der Landesrundfunkgesetze zugeordnet würden, wie dies zum Beispiel bei Redaktionsschluß des Buches ein Referentenentwurf zur Neufassung des Privatrundfunkgesetzes in Thüringen vorsah, könnte dies gravierende Beschränkungen mit sich bringen bis hin zum Ausschluß von Zeitungsverlagen vom lokalen und regionalen Online-Markt.

Die Folgen der rechtlichen Zuordnung

[1] Vgl. NEXPO95 DAILY NEWS, Online Edition, 27. Juni 1995, „State of the Industry is strong".

[2] Stellungnahme beim Zeitungskongreß „Connexions X" der NEWSPAPER ASSOCIATION OF AMERICA am 24. Juni 1995 in Atlanta, Georgia, zit. nach NEWSBYTES NEWS NETWORK via NEWSPAGE, 27. Juni 1995, 15 Uhr.

[3] Vgl. Neil Postman: Selbstverteidigung gegen die Lockungen der technologischen Beredsamkeit, in: Hilmar Hoffmann (Hg.): Gestern begann die Zukunft – Entwicklung und gesellschaftliche Bedeutung der Medienvielfalt, Darmstadt 1994, S. 17-26.

[4] Rede beim Zeitungskongreß „Connexions X" am 23. Juni 1995 in Atlanta, unveröffentlichtes Manuskript.

Ein Glossar, das auch die verwendeten Abkürzungen erklärt, eröffnet den letzten Teil des Buches. Im Anschluß finden sich eine Reihe von Adressen zum Thema, eine Kurzvorstellung der Autorin sowie ein ausführlicher Index.

Anhang

Abkürzungen/Glossar, Adressen, Autorin, Index

1 Abkürzungsverzeichnis/Glossar

AP
Associated Press (amerikanische Nachrichtenagentur).

BBS
Abkürzung für Bulletin Board System, auch Mailbox genannt: ein Computersystem mit zugehöriger Software, das über Telefon und Modem angesprochen werden kann. Nutzer können über ein BBS zumeist elektronische Post verschicken, Software oder Dokumente abrufen, sich an Diskussionen beteiligen oder an Livekonferenzen teilnehmen (Chat). Ein BBS kann für sich stehen oder mit anderen Systemen vernetzt sein. In Deutschland gibt es eine Reihe von Mailbox-Netzen, zum Beispiel FIDONET, MAUSNETZ oder ZERBERUS.

BTX
Abkürzung für den Bildschirmtext-Dienst der DEUTSCHEN TELEKOM AG. Ab 1992 firmierte BTX auch unter der Bezeichnung DATEX-J (= Datex für Jedermann). Ende August 1995 wurde der Name in T-ONLINE geändert.

CERN	EUROPEAN PARTICLE PHYSICS LABORATORY mit Sitz in der Schweiz; die Abkürzung stammt noch vom früheren Namen: CONSEIL EUROPEAN POUR LA RECHERCHE NUCLEAIRE.
Chat	Zugehöriges Verb chatten; Livekonferenz in einem Computernetzwerk, eine Art Mischung aus Telefonieren und Briefeschreiben. Chat-Teilnehmer können in großen Gruppen diskutieren oder sich zu Privatkonferenzen in abgeschlossene Räume zurückziehen. In jedem Fall erscheinen die Zeichen, die über die Tastatur des Computers eingegeben werden, live auf dem Bildschirm des oder der Chat-Teilnehmer.
Clickstream	Bezeichnung von Werbern für das WORLD WIDE WEB (WWW).
Content-Provider	Fachausdruck für die Anbieter von Inhalten in einem kommerziellen Online-Netz.
Cyberspace	Von William Gibson in seinem Fantasy-Buch „Neuromancer" erstmals verwendeter Begriff, der die dort beschriebene Welt aus Computern und die zugehörige Gesellschaft meint.
DATEX-J	*Siehe hierzu Punkt BTX.*
E-Mail	Über Computernetze verschickte Post, die innerhalb eines Netzwerks von Computer zu Computer weitergereicht wird, bis sie ihren Empfänger erreicht. Jeder Nutzer von E-Mail erhält eine eigene unverwechselbare Adresse. Im INTERNET „wandern" E-Mail-Nachrichten innerhalb weniger Sekunden um den Globus.

Fax-on-Demand

Oberbegriff für Fax-Dienste, bei denen der Empfänger zuvor die gewünschten Informationen selbst ausgewählt hat, zumeist mit Hilfe eines Sprachcomputers. Eingaben erfolgen entweder per Tonwahl oder per Spracheingabe. Beim One-Call-Verfahren wird dem Anrufer die Information im Rahmen der bestehenden Verbindung übertragen, das heißt er trägt die Verbindungskosten (Fax-Polling). Beim Call-Back-Verfahren wird der Interessent zurückgerufen, der Informationsanbieter trägt die Kosten. Statistiken, etwa zur Zahl der Abrufe eines Dokuments über einen bestimmten Zeitraum, ermöglichen bei beiden Verfahren die detaillierte Auswertung der Interessentenwünsche und -abneigungen.

Fax-Polling

Abruf eines Dokumentes über ein Faxgerät oder Faxtelefon mit Hilfe der Abruftaste.

FTP

Abkürzung für File Transfer Protocol; Anwendung im INTERNET zur Übertragung von Dateien.

Gopher

1991 von der University of Minnesota zunächst für den internen Gebrauch entwickeltes Informationssystem, das später auf das INTERNET ausgedehnt wurde. Über Gopher lassen sich weltweite Recherchen zu Stichworten oder Themengebieten durchführen. Das Ergebnis der Suche führt direkt zu einer Auflistung von Texten oder Dateien, die man sich auf dem Bildschirm anzeigen lassen oder auf dem eigenen Rechner abspeichern kann.

HTML

Abkürzung für Hypertext Markup Language – für WWW-Anwendungen gebräuchliche Computersprache abgeleitet von der Computersprache SGML, die in vielen Redaktionssystemen Verwendung findet.

Hypertext Technik, die die Orientierung innerhalb von Dokumenten erleichtert, die in elektronischer Form vorliegen, und die zur Navigation im WWW verwendet wird. In Hypertext-Dokumenten sind einzelne Wörter, Textpassagen oder Bildschirmelemente durch Farbe und/oder Unterstreichung hervorgehoben (Hypertext-Links) und mit anderen Dokumenten verbunden. Wenn man diese hervorgehobenen Stellen mit Hilfe eines Eingabegeräts (Maus, Tastatur) aktiviert, wechselt die Bildschirmdarstellung zu einer anderen Seite. Hypertext-Links können zu einer anderen Stelle innerhalb des bereits geöffneten Dokuments führen oder zu einem Computer auf einem anderen Kontinent. Auch Verbindungen zu weiteren Textdokumenten oder zu Bild-, Klang- oder Videoinformationen sind möglich.

IFRA Abkürzung für INCA FIEJ RESEARCH ASSOCIATION; ein internationaler Verband zur Erforschung aller technischen und ökonomischen Aspekte der Zeitungsindustrie mit Sitz in Darmstadt. Mitglieder (Stand 1995): 940 Zeitungsverlage, 85 Firmen aus insgesamt 54 (meist europäischen) Ländern.

INES Abkürzung für INITIATIVE FOR NEWSPAPER ELECTRONIC SUPPLEMENTS; eine 100-prozentige Tochtergesellschaft der IFRA, die sich mit elektronischen Zusatzdiensten zur gedruckten Zeitung beschäftigt.

ISDN Abkürzung für INTEGRATED SERVICES DIGITAL NETWORK; digitaler Telefonstandard, der die Übertragung von Sprache und Daten über dieselbe Leitung ermöglicht.

ISDN-Adapter Gerät, das den Datenaustausch zwischen Computern über eine ISDN-Telefonleitung ermöglicht, vergleichbar einem Modem bei einer analogen Telefonleitung.

KIT
Abkürzung für Kernsoftware für intelligente Terminals; im BTX-Dienst der DEUTSCHEN TELEKOM seit 1995 verwendeter Softwarestandard, der die Bedienung des Dienstes über eine graphische Oberfläche ermöglicht.

Mailbox
1. anderer Name für BBS;
2. Bezeichnung für das persönliche Postfach eines Nutzers, in dem über Computernetze verschickte elektronische Post abgelegt wird.

Modem
Abkürzung für Modulator/Demodulator; bezeichnet ein Gerät, das an den Computer und an die Telefonleitung angeschlossen wird. Es übermittelt Daten in einer Form, die ein Computer am anderen Ende der Leitung verstehen kann.

NAA
Abkürzung für NEWSPAPER ASSOCIATION OF AMERICA; größter Zeitungsverlegerverband der USA, repräsentiert etwa 1.500 Zeitungen, die 85 Prozent der täglich verbreiteten Auflage produzieren.

Netiquette
Wortzusammensetzung aus Netzwerk und Etiquette; bestimmt die Regeln für das Verhalten im Netz.

Pulswahl
Vorrangig in Deutschland verbreitete Technik, Wählsignale beim Telefonieren mit Hilfe einer Folge elektrischer Impulse zu übermitteln. Andere Länder bedienen sich der Tonwahl.

Server
Ein Rechner, der Datenbestände und Ressourcen verwaltet und sie auf Anforderung den angeschlossenen Rechnern (Clients) zur Verfügung stellt.

Set-top-Box
Technik, die das TV-Gerät zu einer Schaltzentrale für das digitale Fernsehen umfunktioniert.

Smiley Ein aus Textzeichen (ASCII) bestehendes Symbol, um Gefühle oder Stimmungen im Rahmen einer E-Mail auszudrücken. Smileys werden von links nach rechts mit um 90 Grad gedrehtem Kopf gelesen. Die Grundform :-) stellt ein freundliches Gesicht dar. Mittlerweile gibt es mehrere hundert Smileys und ganze Nachschlagewerke, um ihre Bedeutung zu entschlüsseln.

SGML Abkürzung für Standard Generalized Markup Language; Computersprache, die unter anderem in vielen Redaktionssystemen eingesetzt wird.

Sprachcomputer Ein Sprachcomputer (Voice-Computer) nimmt – ähnlich wie ein Anrufbeantworter – selbständig Telefongespräche an und bearbeitet sie, indem er Informationen abspielt, Gespräche vermittelt und gegebenenfalls Nachrichten aufzeichnet. Der Anrufer hat mittels Sprach- oder Tonsignaleingabe die Möglichkeit, den Gesprächsverlauf zu steuern oder sich mit einem menschlichen Ansprechpartner verbinden zu lassen.

T-Online *Siehe hierzu Punkt BTX.*

Telnet Ein Internet-Standardprotokoll, das die Bedienung eines anderen Computers über das Netzwerk ermöglicht (Remote Terminal Access).

Tonwahl Technik, Wählsignale beim Telefonieren mit Hilfe von Tönen zu übermitteln. Jeder Nummer ist ein bestimmter Ton zugeordnet. Der Vorteil gegenüber der in Deutschland vorrangig verbreiteten Pulswahl ist unter anderem eine höhere Geschwindigkeit. Viele Anrufbeantworter lassen sich nur mit Hilfe von Tonwahl abfragen.

Voice-Mail

Siehe hierzu Punkt Sprachcomputer.

World Wide Web (WWW)

Die am schnellsten wachsende Anwendung im INTERNET. Die Software wurde vom CERN in der Schweiz für die Navigation im INTERNET entwickelt. Die graphische Benutzeroberfläche erlaubt Abruf und Darstellung von Multimedia-Informationen (Text, Bilder, Audio, Video...). Die Navigation erfolgt mit Hilfe von Hypertext-Links, die um die ganze Welt führen können.

2 Kommerzielle Internet-Anbieter in Deutschland

Die folgende Aufstellung listet die größten Internet-Anbieter in Deutschland auf, die kommerziellen Kunden den Zugang zum Internet ermöglichen (Stand Juni 1995). Sie erhebt keinen Anspruch auf Vollständigkeit. Für Privatpersonen gibt es eine Reihe anderer Möglichkeiten, kostengünstig Internet-Zugang zu erhalten. Eine Liste der Städte, in der die aufgeführten Firmen Einwahlknoten unterhalten, ist auf Anfrage bei den einzelnen Firmen erhältlich.

Kommerzielle Internet-Anbieter in Deutschland

Firma/Adresse	Kontakt	Kosten (Stand: Juni 1995)
Contrib.Net: GTN GmbH Fontanestr. 12 41564 Kaarst *und/oder:* CN GmbH Rykestr. 8 10405 Berlin	Tel.: 0 21 31/60 56 52 Fax: 0 21 31/66 67 54 *und/oder:* Tel.: 0 30-25 30 12 00 Fax: 0 30-2 51 56 03 E-Mail: info@contrib.net World Wide Web-Adresse: http://www.contrib.net	*Tarif im Zeitraum 16:00-09:00 Uhr mittels Modem:* DM 57,50 pauschal (keine Volumen- oder sonstigen weiteren Gebühren); *Ohne zeitliche Begrenzung:* DM 287,50 bis DM 862,50, ebenfalls pauschal.
easynet GmbH: Naegelsbachstr. 25 91052 Erlangen	Tel.: 0 91 31/8 96 70 Fax: 0 91 31/8 96 78 E-Mail: info@easynet.de World Wide Web-Adresse: http://www.easynet.de/	DM 10,-/Monat *Wählverbindung*; DM 100,-/Monat *Dauerverbindung* plus Volumengebühren DM 5,- bis DM 7,-/MByte.
EUnet Deutschland GmbH: Emil-Figge-Str. 80 44227 Dortmund	Tel.: 02 31/9 72 00 Fax: 02 31/9 72 11 11 E-Mail: info@germany.eu.net World Wide Web-Adresse: http://www.germany.eu.net	*Kommerzielle Kunden:* Modem: DM 95,-/Monat + DM 17,40/Std.; ISDN: DM 195,-/Monat + DM 23,40/Std.; Standleitungen ab DM 3.695,-/Monat; *Sondertarif für Kleinkunden (Personal EUnet):* Modem: DM 19,-/Monat + DM 11,40/Std.; ISDN: DM 19,-/Monat + DM 17,40/Std.

Firma/Adresse	Kontakt	Kosten (Stand: Juni 1995)
IBM-Deutschland: Software-Direkt-Vertrieb Senefelderstr. 2 63110 Rodgau	Tel.: 0 18 02/31 71 31 oder Internet Help Desk: 01 30/82 11 41 World Wide Web-Adresse: http://regsvr01.fl.us.ibm.net/prices	DM 26,-/Monat Grundgebühr inkl. 3 Std. Online und jede weitere Stunde DM 7,-; *oder alternativ:* US $24,95/Monat inkl. 20 Std. Online, jede weitere Stunde US $1,95.
MAZ GmbH: Harburger Schloß-Str. 6-12 21079 Hamburg	Tel.: 0 40/76 62 91-6 23 Fax: 0 40/76 62 91-99 E-Mail: info@maz.net World Wide Web-Adresse: http://www.maz.net	DM 50,-/Monat (Schüler+Studenten DM 25,-) inkl. 3 MB IP-Traffic, jedes weitere MB DM 20,- (News-Traffic frei); weitere Angebote auf Nachfrage; *für Privatanwender* DM 35,- pauschal (ohne Volumen- oder Zeitbegrenzung).
Nacamar GmbH: Landefeld Datenkommunikation Kirchweg 22 63303 Dreieich	Tel.: 0 61 03/9 69-0 Fax: 0 61 03/9 69-1 27 E-Mail: info@nacamar.de World Wide Web-Adresse: http://www.nacamar.de	*Kommerzielle Kunden:* DM 100,-/Monat + volumenabhängige Kontingentierung zwischen DM 3,50 und DM 5,-/MB; *Privatanwender:* monatlich DM 15,- pauschal bis 500 KB, darüber hinaus DM 5,-/MB.
NTG/Xlink GmbH: Vincenz-Priessnitz-Str. 3 76131 Karlsruhe	Tel.: 07 21/9 65 20 Fax: 07 21/9 65 22 10 E-Mail: info@xlink.net World Wide Web-Adresse: http://www.xlink.net	*Differenzierte Tarifstruktur:* für *kommerzielle Kunden* von einigen DM 100,- bis einigen DM 1000,-/Monat; *IP mit Kleinkunden-Sondertarif (je nach POP, ungefähr):* für *Privatanwender* DM 30,-/Monat; für *kleine Firmen* und *Gewerbetreibende* DM 60,-/Monat + Volumengebühr DM 7,-/MByte.
Roka: EDV & Datenkommunikationsberatung GmbH Elbestr.25 47800 Krefeld	Tel.: 0 21 51/49 75-10 Fax: 0 21 51/49 75-32 E-Mail: info@roka.net World Wide Web-Adresse: http://www.roka.net/	DM 35,-/Monat plus DM 13,80/Stunde *(Modem)*; DM 35,-/Monat plus DM 34,20 /Stunde *(ISDN)*; oder *Volumentarif:* DM 69,-/Monat plus DM 7,90 bis DM 3,80/MByte oder DM 55,- pauschal (Modem, Mondscheintarif).
SpaceNet GmbH: Frankfurter Ring 193a 80807 München	Tel.: 0 89/32 46 83-0 Fax: 0 89/32 46 83-51 E-Mail: info@Space.NET World Wide Web-Adresse: http://www.space.net/	Ab DM 63,25 brutto (DM 55,- netto); genaueres auf Anfrage.

3 World Wide Web-Adressen europäischer Zeitungen

BELGIEN	
De Financieel Ekonomische Tijd, Antwerpen	http://www.tijd.be/tijd/
De Standaard, Brüssel	http://www.vum.be/vum/dshome.html
Het Nieuwsblad, Brüssel	http://www.vum.be/vum/nbhome.html
DÄNEMARK	
Folkebladet, Glostrup	http://www.danadata.dk/folkebladet
DEUTSCHLAND	
Nürnberger Nachrichten	http://www.osn.de/nn/nn.html
Rhein-Zeitung, Koblenz	http://primus.cicero.de/index.html
Saarbrücker Zeitung	http://www.sz-sb.de/
Schwäbische Zeitung, Red. Biberach	http://www.bvd.de
Schweriner Volkszeitung	http://www.hansenet.de
Der Tagesspiegel, Berlin	http://www.tagesspiegel-berlin.de/
die tageszeitung, Berlin	http://www.prz.tu-berlin.de/~taz/
Die Welt, Berlin	http://www.welt.de
ENGLAND	
Financial Times, London	http://www.ft.com/
The Guardian Online, London	http://www.gold.net/online/
The Observer, London	http://www.observer.co.uk
The Telegraph, London	http://www.telegraph.co.uk/
The Times of London/Sunday Times	http://www.delphi.co.uk/innov/
FINNLAND	
Helsingin Sanomat	http://www.tietotori.fi/sanoma/hesapage.html
Turun Sanomat, Turku	http://www.turunsanomat.fi/
FRANKREICH	
Derniers Nouvelles D'Alsace, Straßburg	http://www.sdv.fr/
Liberation, Paris	http://www.netfrance.com/Libe/
Lyon-Capitale	http://www.dtr.fr/lyoncap
GRIECHENLAND	
Thessaloniki und Makedonien, Thessaloniki	http://www.hyper.gr/makthes/

IRLAND	
The Irish Times, Dublin	http://www.irish-times.ie
ISLAND	
Morgunbladid, Reykjavik	http://www.strengur.is/cgi-bin/mbldemo?today
ITALIEN	
Corriere della Sera, Mailand	http://sun.comm2000.it/rcs/
Il Manifesto, Rom	http://www.mir.it/
La Stampa, Turin	http://www.lastampa.it
L'Unione Sarda, Cagliari	http://www.vol.it/unione/unione.html
Unita' in rete, Rom	http://www.mclink.it/unita/index.html
NIEDERLANDE	
Eindhovens Dagblad	http://dse.iaehv.nl/kiosk/ed/
NRC Handelsblad, Rotterdam	http://www.nrc.nl
NORWEGEN	
Aftenposten, Oslo	http://www.oslonett.no/home/bent
Arbeiderbladet, Oslo	http://www.oslonett.no/home/henrik
Bronnoysunds Avis	http://nic.nordnett.no/~ba/
Dagbladed, Oslo	http://www.telepost.no/dagbl@det.no/Welcome.html
Drammens tidende - Buskeruds Blad	http://www.drammensnett.no/dtbb/
Hamar Dagbladed	http://www.hmr.na.no/daghom.html
Morgenbladet, Oslo	http://www.oslonett.no/mb/mb.html
ÖSTERREICH	
Der Standard, Wien	http://www.derstandard.co.at/derstandard/
Vorarlberger Nachrichten, Bregenz	http://www.vol.at
Neue Vorarlberger Tageszeitung, Bregenz	http://www.vn.vol.at/neue_titel
POLEN	
Gazeta Wyborcza, Warschau	http://www.gazeta.pl/
Zycie Warszawy	http://www.vol.it/edicola/zycie/
PORTUGAL	
Jornal de Noticias, Oporto	http://www.jnoticias.pt

SCHOTTLAND	
Daily Record/Sunday Mail, Glasgow	http://www.record-mail.co.uk/rm/
The Herald & Evening Times, Glasgow	http://fleet.britain.eu.net/cims/herald_html/home
SCHWEDEN	
Aftonbladet, Stockholm	http://www.aftonbladet.se/aftonbladet/start.html
Dagens Industri, Stockholm	http://www.bonnier.se/di/home.html
Enkopings-Posten, Enkoping	http://www.nete.stuns.se/eposten/ep.html
Goteborgs-Posten	http://www.wca95.org/gp
Helsingborgs Dagblad	http://www.helsingborg.se/newspaper/hd.html
Svenska Dagbladet, Stockholm	http://www.svd.se/svd/ettan/
SCHWEIZ	
Neue Zürcher Zeitung	http://www.access.ch/nzz
Tages-Anzeiger, Zürich	http://www.thenet.ch/tages-anzeiger/
SLOWAKEI	
SME, Pravda, Praca, Narodna Obroda und Slovenska Republica, alle Bratislava	http://savba.savba.sk/logos/news/list.html
SLOWENIEN	
Dnevnik, Ljubljana	http://www.k2.net/~dnevnik/index.html
Republika Daily, Ljubljana	http://www.abm.si/si21/republika/
SPANIEN	
Avui, Barcelona	http://avui.scsinet.upc.es/
El Comercio, Gijon	http://www1.uniovi.es/noticias/
El Periodico de Catalunya, Barcelona	http://www.elperiodico.es/
La Vanguardia, Barcelona	http://vangu.ese.es/
TSCHECHISCHE REPUBLIK	
Lidove Noviny	http://cech.cesnet.cz/htbin/encode/noviny/LN/LN.html
Svobodne Slovo	http://cech.cesnet.cz/htbin/encode/noviny/SVS/SVS.html

4 Nützliche Adressen

BUNDESVERBAND DER DEUTSCHEN ZEITUNGSVERLEGER E.V.
Riemenschneiderstr. 10
D-53175 Bonn
Tel.: 0228/81004-0; Fax: 0228/81004-15

IFRA
Washingtonplatz
D-64287 Darmstadt
Tel.: 06151/7005-0; Fax: 06151/7005-72

INES MEDIA CONCEPTS GMBH
Alsfelder Str. 3
D-64287 Darmstadt
Tel.: 06151/9754-0; Fax: 06151/9754-20
E-Mail 100336.522@compuserve.com

NEWSPAPER ASSOCIATION OF AMERICA
The Newspaper Center
11600 Sunrise Valley Drive
Reston, VA 22091-1412
Tel.: 001/703/648-1000; Fax: 001/703/620-4557

Zur Autorin

Katja Riefler, geb. 1963, nach dem Volontariat mehrjährige Tätigkeit als Redakteurin der ALLGÄUER ZEITUNG, Studium der Politischen Wissenschaften, Amerikanistik und Philosophie (M.A.), Studiengang Journalistenweiterbildung an der FU-Berlin (lic.rer.publ.); lebt und arbeitet in München als freie Medienjournalistin
(E-Mail: k.riefler@philo.muc.de; 100436.1340@compuserve.com).

5 Index

A

E

F

G

Bundesverband Deutscher Zeitungsverleger (Hrsg.)

Die Zukunft der Zeitung zwischen Print und Elektronik

Die CD-Rom gibt einen Überblick über den derzeitigen Stand des Elektronischen Publizierens und über die kommenden Entwicklungen. Sie ist als Nachschlagewerk konzipiert und bietet über die reine Text- und statische Bilddarstellung hinaus die Möglichkeit, durch das Einspielen von Computeranimationen und Filmen Multimedia-Anwendungen konkret darzustellen. Mehr noch: Der Nutzer der CD-Rom kann die neuen Dienste in der Simulation erleben.

Weiterer Schwerpunkt der CD-Rom ist eine Dokumentation der verschiedenen Multimedia-Aktivitäten deutscher Zeitungsverlage. Dabei wird das Engagement bei Datenbanken, Audiotex, Fax-on-Demand, CD-Rom, Online-Diensten und interaktivem Fernsehen vorgestellt.

Die CD-Rom richtet sich an die Entscheidungsträger in den Verlagen und Redaktionen; darüber hinaus aber auch an betroffene Branchen wie die Druckindustrie, die Werbung und die Öffentlichkeitsarbeit.

Bundesverband Deutscher Zeitungsverleger (Hrsg.)
Die Zukunft der Zeitung zwischen Print und Elektronik
Bonn 1995, CD-Rom,
290 DM für Verbands-Mitglieder;
490 DM für Nicht-Mitglieder;
ISBN 3-929122-19-7.

ZV Zeitungs-Verlag Service GmbH
Riemenschneiderstraße 10, 53175 Bonn
Tel.: 0228/81004-24; Fax: 0228/81004-34